Franz von Dingelstedt

Lieder eines kosmopolitischen Nachtwächters

Franz von Dingelstedt

Lieder eines kosmopolitischen Nachtwächters

Sammlung Zenodot

Franz von Dingelstedt: Lieder eines kosmopolitischen Nachtwächters.

Veröffentlicht in der Zenodot Verlagsgesellschaft mbH
Berlin, 2008
http://www.zenodot.de/
Gestaltung und Satz: Zenodot Verlagsgesellschaft mbH
Druck und Bindung: Books on Demand GmbH, Norderstedt

ISBN 978-3-86640-242-3

Erstdruck: Hamburg (Hoffmann & Campe) 1841.

Inhalt

Eteignons les lumières et rallumons le feu!

Nachtwächters Stilleben

»Still und bewegt,
Wenn's Früchte trägt!«

1.

Weib, gib mir Deckel, Spieß und Mantel,
Der Dienst geht los, ich muß hinaus.
Noch einen Schluck ... Adies Mariandel!
Ich hüt' die Stadt, hüt' du das Haus!
Nun schrei' ich wieder wie besessen,
Was sie nicht zu verstehen wagen
Und was sie alle Tag vergessen:
Uht! Hört, Ihr Herrn, und laßt Euch sagen!

Schnarcht ruhig fort in Euren Nestern
Und habt auf mein Gekreisch nicht acht!
Die Welt ist akkurat wie gestern,
Die Nacht so schwarz wie alle Nacht.
Auch welche Zeit, will Niemand wissen,
's gibt keine Zeit in unsren Tagen,
Duckt Euch nur in die warmen Kissen,
Die Glocke die hat nichts geschlagen!

Laß keiner sich im Schlaf berücken
Vom (vulgo Zeitgeist) Antichrist,
Und sollte wen ein Älplein drücken,
Dankt Gott, daß es nichts Ärgres ist.
Das Murren, Meistern, Zerrn und Zanken,

Das Träumen tut es freilich nicht,
Drum schluckt sie runter, die Gedanken,
Bewahrt das Feuer und das Licht!

Auch wackelt nicht im bösen Willen
An Eurem Bett und räkelt nicht,
Die Zipfelmütze zieht im Stillen
Zufrieden übers Angesicht.
Der Hund im Stall, der Mann beim Weibe,
Die Magd beim Knecht, wie Recht und Pflicht,
So ruht und rührt Euch nicht beileibe,
Auf daß der Stadt kein Schad' geschicht!

Und wann die Nacht, wie alle Nächte,
Vollendet hat den trägen Lauf,
Dann steigt, doch stets zuerst das rechte
Bein aus den Federn, sittsam auf!
Labt Euch an dem Zichorientranke
Und tretet Eure Mühlen gern,
Freut Euch des Lebens voller Danke
Und lobt, nächst Gott, den Landesherrn!

2.

Nun ist auch erloschen der letzte Schein
Im Kämmerlein des Poeten,
Und lockerer Vögel Nachtverein
Kommt stolpernd heimgetreten.

Es träufelt leiser Schnee vom Dach,
Die Fahne kreischt am Turme,
Die Laternen schwanken und glimmen schwach

10

Und schaukeln sich lustig im Sturme.

Die Häuser stehen schwarz und still,
Die Kirchen leer und die Schenken,
Nun mag eine Seele wie sie will
Gehen und träumen und denken.

Es blinzt kein Auge scheel und schief,
Kein Lästermaul reißt sich offen,
Nun mag ein Herz, das am Tage schlief,
Lieben und bangen und hoffen.

Du traute Nacht, der Bösen Feind
Und aller Guten Segen,
Sie sagen, Du seist keines Menschen Freund, –
Wie lieb' ich dich, Nacht, deswegen!

3.

Hat ihnen gar zu hell geklungen
Der Ton von meinem alten Horn,
Hab' ihnen gar zu grell gesungen,
Den Herrn, sie schliefen just nach vorn.

Erwachten immer unbequemlich,
Und träumten sie auch noch so tief,
Sobald ich stattlich und vernehmlich
Vor ihrem Haus mein Sprüchlein rief.

Nun haben sie mir's weggenommen
Mein gutes, altes, liebes Horn,
Ein Pfeiflein hab' ich drein bekommen

Von Gott's- und Magistrates-Zorn;

Ein Pfeiflein, wie für Diebsgesindel
Und für der Haderlumpen Schwarm,
Die Kinder spielen in der Windel,
Mit solchen Dingern, Gott erbarm!

Sie meinten baß für mich zu sorgen
Und dachten, mir wär's schon genehm,
Daß ich nicht jeden lieben Morgen
Wie atemlos nach Hause käm'.

Prosit, Ihr hohen Herrn, ich merke,
Wo hier begraben liegt der Hund:
Nicht meiner guten Lungen Stärke,
Euer schlechter Schlaf allein ist Grund.

Doch Euch mag's zum Exempel dienen,
Ihr jungen Hörner fern und nah,
Verfistelt Euch in Piccolinen,
Geschieht Euch sonst, wie mir geschah!

Gottlob, daß ich so abgekommen,
Die Herrn sind sonsten nicht so faul,
Dem Heinz dem ward sein Horn genommen
Und schmissen ihn dazu aufs Maul!

4.

Ein Nachtwächter hat so gut ein Herz
Wie ein schmachtender Held der Frauen,
Auch er fühlt Liebeslust und Schmerz

12

Wenn die Kater im Märze miauen.
Drum, wann ich abends auswärts geh'
Und mein Weib in der ganzen Nacht nicht seh',
Verlangt mich's nach Mariandel sehr;
Ja, wenn sie nur nicht so garstig wär'!

Sie ist eine gute, alte Haut
Mit mehr Runzeln als just notwendig,
Ihr Vater hat sie mir angetraut
Mit Haus und Gerät vollständig;
Das Amt und dreihundert Gulden dazu, –
Gott schenke dem Alten ewige Ruh'!
Ich liebte auch seine Tochter mehr,
Ja, wenn sie nur nicht so garstig wär'!

Wir leben wie zwo Engelein
Im Paradies vor dem Falle;
Keine Ehe kann so glücklich sein,
Als unsre, ein Muster für alle.
Sie schläft des Nachts, ich schlaf' am Tag,
Sie nimmt den Schluck, den ich nicht mag,
Das einigste Pärlein weit umher,
Ja, wenn sie nur nicht so garstig wär'!

So oft ich Nachts in mein Haus geguckt,
War's ruhig allerwegen.
Noch nie hat's mich an der Stirne gejuckt,
Wie so viele meiner Kollegen;
Bei denen geht's wie ein Taubenschlag,
Hinein bei der Nacht, heraus am Tag,
Und ein Nachtwächter hält doch auch auf Ehr',
Ja, wenn sie nur nicht so garstig wär'!

5.

Die Schildwacht schreitet auf und ab
Und pfeift sich ein Liedel unermüdlich.
Hier ist das Gefängnis, schwarz wie ein Grab,
Aber nicht so still, so friedlich.

Es rasselt hinter den Gittern schwer
Von eisernen Ketten und Bändern,
Stöhnen und Ächzen zieht hin und her
Und verhallt an den steinernen Ständern.

In jene Stangen packt eine Faust,
Der mag's noch nicht lange gewohnt sein!
Wie das wilde Gelock im Winde saust,
Wie die Augen blitzen im Mondschein!

Herunter, Bursche! Sonst schrei' ich wach
Den Schließer und seine Genossen,
Dann wirst Du an Dein dunkles Gemach
Noch zärtlicher angeschlossen.

Fort, strecke Dich in Dein warmes Stroh,
Versuch's wie die andren zu schlafen,
Was grinsest Du, was murrst Du so,
Bist Du mehr, als die anderen Sklaven?

»Nicht besser, nicht schlechter als jene sind,
Ein Verbrecher nach Euerer Sitte,
Denke nur eben an Weib und Kind
Und an meines Vater Hütte.

Und streck' ich mich auf mein faules Stroh,

Dann von meinen Äckern träum' ich,
Die wogten von Halmen und Ähren so,
Die waren so luftig, so räumig.

Nun lieg' ich vielleicht auf meiner Saat,
Die ein anderer ausgedroschen« ...
Still, Kamerad! da kommt der Soldat,
Und meine Latern' ist erloschen.

6.

Das ist der Dom mit seinen Mirakeln,
Mit Heiligen aus Stein und Holz,
Mit kostbaren Knochen in Tabernakeln,
Mit Kuppeln, Säulen und Türmen stolz.

Vom Hochaltar dringt ein schwacher Schimmer,
Ein Wehen bläst durch die Gänge hin,
In den Orgelpfeifen Kindergewimmer: –
Es graut mich! Was ich doch kindisch bin!

Seit zwanzig Jahren nicht dringewesen,
Zur Beichte nicht, nicht zum Sakrament, –
Daheim nicht in der Bibel gelesen, –
Ob mich der alte Herr-Gott noch kennt?

Ich will an die schallenden Pforten pochen.
Die sind verschlossen. Niemand zu Haus ...
Was ist das? Hat hier ein Mensch gesprochen?
Lacht mich die Hölle von drinnen aus?

Ich soll mit den Übrigen wiederkommen,

Reingewaschen, sonntagsfrüh,
Mit den abonnierten Wochen-Frommen,
So gleißnerisch und so bigott wie sie.

Nein, ich will mich nicht in die Hürde sperren,
Vom Hunde gejagt, mit der übrigen Herd',
Wenn du der Herr bist unter den Herren,
Suche mich, so ich dir etwas wert.

Geschrieben steht: Es ist größere Freude
Über ein einzig verirrtes Tier
Als über eine gesammelte Weide, –
Wohlan, mein Hirt, ich irre nach dir.

Ich stehe allein an deinen Pforten,
Sie tun sich nicht auf, dein Haus bleibt stumm,
Die Nacht ist schwarz und tonlos 'worden,
Der Mond hängt dräuende Schleier um.

Ein Strahl nur noch aus den finstern Gründen,
Er trifft das vergoldete Kreuz von Erz:
Kannst du, Beleuchter, das kalte entzünden,
Kannst du entzünden mein kälteres Herz?

7.

Droben ist Tee, droben ist Ball,
Gesellschaft, Spiel und Tanz.
Ei, über die schmucken Männlein all',
Über den Lichterglanz!

Hier unten, wo die Kutschen stehn,

Harr' ich auch einen Augenblick;
Will nach den hellen Fenstern sehn
Und lauschen auf die Musik.

Nur dann und wann ein grober Klang
Vom Brummbaß trifft mein Ohr,
An den Gardinen ellenlang
Tauchen Schatten empor.

Drehen sich, bücken sich, schneuzen sich,
Flistern und trippeln, Paar für Paar,
Nippen am Gläschen jüngferlich,
Gähnen und wühlen sich wild im Haar.

Das ist mir auch ein rares Pläsier,
Ganz nach meinem Geschmack;
Nein, da lob' ich mein Solo mir,
Mein Bier und meinen Tabak.

Trät' ich in diesem Rockelor
So plötzlich in den Saal hinein,
In der Hand Laterne, Spieß und Rohr,
Unter die Schatten mitten drein,

Weiße Flocken auf meinem Hut,
Den Bart voll Reif und Frost,
Die braune Wange in frischer Glut,
Die Glieder steif vom Ost:

Sie hielten es für 'nen Mummenschanz,
Mich für ein Gespenst der Nacht,
Und ich wette, der jungen Fante Tanz
Zerstöbe, fürsichtig-sacht.

Es ist in der Welt nach meinem Sinn
Ein närrischer Schabernack ...
Ob ich gerad' so ein Mensch wohl bin,
Wie das feine, vornehme Pack?

8.

Kamerad, wen fährst du? – »Den Minister.« –
Und darum so barsch, so stolz getan?
Den hab' ich schon lang auf meinem Register,
Soll auch mit nächstem sein Ständchen ha'n!

Da stehen die schmucken, stattlichen Tiere
Vielleicht schon viele Stunden lang,
Sie hängen die Köpfe alle viere
Und scharren im Schnee und zerren am Strang.

Den Grobian droben auf hohem Bocke,
Um den tut mir das Warten nicht leid,
Der sitzt warm in seinem verbrämten Rocke,
Aber die Gäule haben kein Kleid,

Keinen Pelz, in grimmiger Kälte labend,
Und innerlich keinen Branntewein.
Ich sollte nur einmal heute abend
Einer von denen vier Schimmeln sein!

Ich wollte mich wehren, ich wollte dich lehren,
Herr Exzellenz mit dem Podagra,
Du solltest Gottes Geschöpfe ehren
Und deinesgleichen ... Hallelujah!

Dort sitzt er noch bei seinem Herrn Vetter,
Wühlt in Karten und wühlt in Geld,
Und läßt die Tiere in Sturm und Wetter
Frieren, so lang' es Gott gefällt.

Ich rate dir, laß die Karten ruhen
Und hüte dich fein, Ministerlein,
Du hast es mit vier Hengsten zu tuen,
Bedenk, daß das keine Bürger sein!

9.

Gott, einen Strahl aus deinen Wolken sende
Auf dieser Vorstadt schmerzenreiches Dach!
Hier ringt ein Mensch mit seinem schweren Ende,
Sei gnädig, hilf der armen Seele nach!

Zieh aus der Kinder fesselndem Gewimmer,
Zieh aus des Weibs Umschlingung ihn zu dir.
Herr, säume nicht! Er duldet ja noch immer,
Herr, schläfst du auch? O wache, Herr, mit mir!

Am niedren Fenster schleich ich sacht vorüber,
Noch glimmt der Lampe Docht, wer löscht sie aus?
Sie schimmert durch die Laden, stündlich trüber,
Und Käuzlein flattern um das Sterbehaus.

Hu! Fort von dieser schauervollen Schwelle,
Hier tut ein Andrer Wächterdienst als ich.
Dort lagert er, der schreckliche Geselle,
Und kauert lauernd vor die Türe sich.

Er malt ein Kreuz, ein weißes, an die Schalter,
Er winkt, er klopft ... O Würger, halte an!
Es ist geschehn. Hab Dank, du alter, kalter
Nachtwächtersmann, du hast dein Werk getan!

10.

So oft ich dieses Gäßlein gehe,
Wohl später noch als Mitternacht,
Hält dort in respektabler Höhe
Ein eifersüchtig' Lämpchen Wacht.

Da droben wohnt ein Versedrechsler,
Ein Reimeschmied, ein Bücherwurm,
Hoch sitzt er, der Gedankenwechsler,
Wie Klas auf dem Kathrinen-Turm.

Und zählt die Füße, feilscht um Silben,
Und putzt die alte Ware rein,
Und frißt wie zähe Käsemilben
Sich in papiernen Quark hinein.

Verdammter Kerl! Wenn ich nur wüßte,
Wer ihn zur Wacht berufen hat,
Und ob er mit mir hüten müßte,
Als angestellter Mann, die Stadt?

Es tut's ihm niemand kommandieren,
Er treibt's für seinen eignen Spaß,
Das Predigen und Schrein und Schmieren,
Und niemand weiß so recht für was?

Die drunten können ihn nicht riechen,
Sie fliehn ihn alle wie die Pest,
Am Tag seh' ich umher ihn kriechen
Scheu, wie ein Spätzchen, fern vom Nest.

Sie schelten ihn Poet und Barde,
Sie schütteln stark und zischeln sacht,
Doch er auf seiner Leibmansarde
Hat, scheint es, dessen wenig acht.

Mag wohl in seinem Oberstübchen
Nicht allzurichtig mit ihm sein,
Sie sperren mir das arme Bübchen
Am End' noch ein auf Sonnenstein.

Wär' schad' um seine Gab' zu wachen,
Und kennt' ich ihn, den tollen Christ,
Wollt' ich ihn zum Nachtwächter machen,
Wenn er dazu noch brauchbar ist.

11.

Flattert durch die Nacht geschwind
Ein verlornes, scheues Kind.
Mit dem Schleier, mit dem Kleide –
Ei, die süße Augenweide! –
Spielt der Wind.

Halt' ich sie auf schlechter Bahn
Scheltend, wie ich sollte, an?
Treib' ich dieses Lamm mit Würde,
Das verirrte, in die Hürde?

Wohlgetan!

Halt! Verbrenn' die Finger nicht!
Schau ihr erst ins Angesicht!
Könntest statt gemeiner Sünden
Eine – distinguierte finden ...
Sachte, Wicht!

12.

Feuerjo! Beim Burgemeister brennt's!
Spritzen herbei und Schläuche!
Erwacht doch drin, Euer Eminenz!
Heraus, ihr faulen Gäuche!

»Kerl, was heulst du drunten so?
Ich glaube, du bist betrunken!« –
Nein, am Fenster sah ich ein Bündel Stroh
Und darin einen roten Funken.

»Bleib' zu Hause, du versoffner Tropf,
Mit deinem verwünschten Spaße!« –
Verzeiht, Eminenz! Es war Euer Kopf
Und darinnen Euere Nase!

13.

Der Herr! – es ist doch ein stolzes Wort
Und meint eine stolzere Sache;
Nicht jener über den Wolken dort,

Nein, der unter goldenem Dache;

Mit Szepter und Apfel in der Hand,
Auf dem Haupte die schwere Krone,
Gekleidet in sein Purpurgewand,
Gesessen auf hohem Throne.

Da liegt sein Schloß aus Marmelstein
Mit goldnem Balkon und weißen Säulen,
Zwei Löwen wachen am Eingang sein,
Zwei Riesen mit steinernen Keulen.

Und wo durch glänzende Scheiben hin
Der Schein einer Ampel schimmert,
Dort steht unter seidenem Baldachin
Sein Bett, aus Silber gezimmert.

Im Vorsaal harrt auf der Schelle Klang
Ein Dutzend verschlafener Pagen,
Und Lakaien räkeln auf jedem Gang
Und schnarchen in allen Etagen.

Gott gebe dir eine Bettelmanns-Ruh',
Herr König, in deinen Gemächern!
Er wehe dir freundliche Kühlung zu
Mit unsichtbaren Fächern!

Es zeige dir Traumes Spiegelbild
Dein Volk beglückt und gesegnet,
Während es an die Fenster mild,
Wie Maientropfen, regnet.

Ich male mir's wohl recht artig aus,

Doch in Wahrheit schläft, ich wette,
Der Gardist dort süßer im Schilderhaus,
Als du im Fürstenbette.

14.

Hier auf der Kanone will ich ruhn,
Auf den eisenbeschlagenen Rädern;
Ist freilich kein Lager von Eiderdun',
Mit Matratzen und stählernen Federn.

Doch schlief vielleicht schon mancher Held
Vor der Schlacht in der nämlichen Weisen
Und später noch tiefer – im blutigen Feld,
Auf dem Leib, statt drunter dein Eisen.

Erzähle mir nun, du eherner Mund,
Von deinen glorreichen Tagen,
Wie du einst zu schwerer Schlachtenstund'
Die Reveille munter geschlagen.

Bei Jena oder bei Austerlitz,
Gen Moskau oder gen Kassel,
Wo flammte zuletzt dein tötlicher Blitz,
Wo rollte dein letztes Gerassel?

Oder bist du gar dem alten Fritz
Schon gefolgt zu rühmlicher Frone?
Nein, hier am Zündloch, wo ich sitz',
Steht ein N. mit Lorbeer und Krone.

Den Namen, den Lorbeer kenn ich wohl,

Die Zeugen deiner Blüte;
Nicht wahr, da brummtest und summtest du hohl,
Da glühte dein Leib und sprühte?

Es flog das Rad auf bezwungener Erd'
Über Lebende und über Leichen,
Zusammen stürzte die bange Herd'
Unter deinen gewaltigen Streichen.

Du gabst den Takt zu dem Waffentanz,
Hoch hüpfte dein Herz, das beherzte,
Und schön zu der Panzer, der Schwerter Glanz
Stund dein Antlitz, das pulvergeschwärzte.

Jetzt bist du blank, jetzt bist du zahm,
Und lahm ist deine Lafette,
Dein Kupfergesicht hochrot vor Scham
Und feist, als ob's gealtert hätte.

Nun, schäme dich nicht, du elektrischer Aal,
Hast ja noch einen wackeren Posten,
Wenn auch da drüben im Arsenal,
Dein Futter, die Kugeln rosten.

Ertönst du nicht vom Walle herab
In die bebenden Niederungen,
Wenn ein armer Sklave aus seinem Grab,
Aus seinen Ketten entsprungen?

Wenn ein Krämerhaus in Flammen gerät,
Zur Friedensrevue vor den Toren,
Zum Namenstag Seiner Majestät,
Und so oft ein Prinzeßchen geboren?

Geduld! Vielleicht kannst du wiederum, –
Und bald! – in die Feinde hageln;
Bis dahin, mein Veteran, sei stumm,
Daß sie dir das Maul nicht vernageln!

15.

Guten Abend, Mutter Marie!
In deinem kleinen Schrein,
Den toten Sohn auf weißem Knie,
Wie sitzest du mild und lieblich drein!

Ein Lichtchen haben sie angesteckt,
Von frommen Gelübden gezollt,
Und dich mit köstlichen Lappen bedeckt,
Mit Kronen von Flittergold.

Dich kümmert der Putz nicht und der Schein,
Dein wächsern' Gesicht ist blaß,
Die siehst nur auf dein Jesulein,
Wangen und Augen ewig naß.

Hab' niemals eine Mutter gekannt,
Niemals ein Kindlein geherzt,
Habe auch für kein Weib gebrannt
Und mit keiner Schwester gescherzt.

Nun mein' ich, daß es nichts Rechtes wär'
Mit der Familien-Klerisei;
Komm' ich aber des Weges her,
An der Jungfrau Bild vorbei,

Dann tut's mir wohl, dann tut's mir weh,
Weiß selber nicht, wo und wie?
Und ich flüstere, weil ich von dannen geh':
Guten Abend, Mutter Marie!

16.

In diesem Hause schläft ein Wicht,
Daß Gott sich sein erbarme,
Mit kreideweißem Angesicht
Und klapperdürrem Arme.

Er schläft? ... Er wälzt auf seidnem Pfühl
Die Glieder mit Fluch und Gewimmer,
Ist's ihm zu heiß, ist's ihm zu kühl,
Recht ist's dem Schächer nimmer.

Und um ihn rauscht die Gardine schwer
Von goldenen Fransen und Falten,
Der Nachttisch kann der Fläschlein Heer
Und der Tropfen Meer kaum halten.

Warum er nicht schläft? Warum er in Wut
Die Spitzen am Hemde zerrissen?
Ein gutes Gewissen schläft überall gut
Und nirgends ein böses Gewissen.

Er hat an des Landes Mark, die Schlang',
Sich voll gefressen, gesogen,
Er hat – ein Menschenleben lang! –
Gestohlen, gelogen, betrogen.

Hei, Dir auf deinem Dunen-Bett,
Im Steinsarg deiner Paläste,
Wenn ich itzt mein altes Horn noch hätt',
Dir brächt' ich ein Ständchen aufs Beste!

Du schrecktest wie vom Tarantelstich
Aus teuererkauftem Schlafe,
Wähnend, die Posaune weckte dich
Und riefe zur endlichen Strafe!

17.

Aber nein! Ich ziehe mit leisem Schritt
Vorbei der verfluchten Stätte.
Ich weckte ja sie zum Leiden mit,
Sie droben im Witwen-Bette.

Du armes, junges, süßes Weib,
Zum Schatten umgewandelt,
Seit du den blühenden, schönen Leib
An jenen Toten verhandelt!

Nun hast du dein beneidet' Glück,
Die Titel, die Mittel, die Größen,
Und gäbst es mit tausend Freuden zurück
Für deiner Armut Blößen;

Für eine Stunde freier Lust
An des verlassenen Buhlen Herzen,
Für ein Kindlein an deiner runden Brust,
Gezeugt und gesäugt in Schmerzen.

Mich friert es, denk' ich an ihren Schlaf,
An die roten Augenlider,
Die kaum ein schmerzliches Ruhen traf,
An die matt-hinwelkenden Glieder.

Ja, armes Weib, hätt' ich nun mein Horn,
Dir gäb' ich's mit lautem Ergetzen;
Solltest's dem alten Sünder vorn
An die schamlose Stirne setzen!

18.

Dort, wo kein Baum der frommen Trauer
Verlassne Hügel grün belaubt,
Dort ruht, dicht an der Kirchhofs-Mauer,
Ruht meines Vaters heilig' Haupt.

Warum sie ihn so weit gebettet
Von guter Christen Lagerstatt?
Weil er, den andre nicht gerettet,
Zuletzt sich selbst gerettet hat.

Weil er zum Dieb nicht werden mochte
Und weil dem Bettler niemand gab,
Drum schnitt er seinem Lebensdochte
Rasch selbst die tote Kohle ab.

Selbstmördern streng den Stab zu brechen,
Wenn man warm sitzt im hohen Rat,
Von Feigheit und Verirrung sprechen,
Ist, wahrlich! keine Heldentat.

Doch wüßtet Ihr, wie dem zu Mute,
Der, aller Erdenhoffnung quitt,
Fertig mit Gott, mit kaltem Blute
In seine roten Adern schnitt:

Der nachts sich in die Wellen stürzte,
Nachdem er lang am Ufer hing,
Der künstlich selbst die Schlinge schürzte,
Darin sein Atem sich verfing:

Säht' Ihr, wie reuig und erstarrend
Die Hand nach einem Halme griff,
Und wie die Kehle, rettungs-harrend,
Nach ferner Hilfe krampfhaft rief: – –

Ihr wäret lasser im Verdammen
Und littet wohl in Majestät,
Daß solche Blumen nah beisammen
Modern mit den', so Gott gemäht!

Sie haben keinen Stein gegeben,
Kein Mal, mein armer Vater, dir,
Und dennoch warest du im Leben
Ein Mann wie wenig Männer hier.

Gleichviel! Ich finde doch die Pfade
Zu deines Grabes Nesselbeet,
Wenn gleich kein Kreuz mit »Gottes Gnade«
Und »Schlummre sanft« darübersteht.

Dank deinem Leben, das geschäftig
Mir keine Lehre schuldig blieb,
Dank deiner Hand, die allzukräftig

Sie auf den jungen Rücken schrieb!

Dank deinem Tod, der ohne Worte
Mir einen großen Trost verhieß;
Er zeigt mir doch, an welchem Orte
Ein Loch der Zimmermeister ließ.

19.

In diesen Zellen schlafen sie,
Die Mittelding' von Mensch und Tiere,
Behandelt wie das liebe Vieh,
Wie dies gestreckt auf alle Viere.
Wie dumpf, wie dunstig rings ums Haus
Und drin welch Toben, Stampfen, Schreien!
Hier Lieder voller frohem Graus,
Dort irrer Glieder Selbstkasteien!

O Wahnsinn! Schreckliches Gespenst,
Die Geißel in entfleischten Händen,
Wenn du bald frech vorüberrennst,
Bald lauernd schleichst an unsern Wänden,
Wer bürgt dafür, daß deine Faust
Nicht plötzlich unsren Scheitel treffe,
Und daß, der bei den Tollen haust,
Der Geist nicht längst uns selber äffe?

Die kranke Lieb', den kranken Stolz,
Wir sperren sie in ehrne Stäbe,
Um unser Maß aus dürrem Holz
Ziehn wir jedwede Wucherrebe,
Was nicht so denkt, wie wir, und nicht

So fühlt, das zählen wir zu Kranken,
Und ob nicht just Gesundheit spricht
Aus ihren taumelnden Gedanken?

So sperrst du auch den Löwen ein,
Du zeigst ihn keck in deinen Gittern,
Und fühlest doch bei seinem Schrei'n
Das Herz im Leibe dir erzittern;
Nennst du ihn toll, nennst du ihn frei,
Wenn er zerreißt, der ihn gehütet,
Und seinem Zwingherrn stolz vorbei
Blutlechzend durch die Gassen wütet?

Pocht auf das Monopol »Vernunft«
Nicht allzufest in Euren Sitzen,
Groß ist der Narren heil'ge Zunft,
Dies Haus stets offen für Novizen.
Die dort am letzten Fenster, war
Vor Jahren eine schmucke Dirne,
Demanten blitzten ihr im Haar
Und Anmut von der schönen Stirne.

Um ihres Mundes Lächeln rang
Ein Heer von albernen Gesellen,
Jetzt lacht sie, daß den Gang entlang
Die Töne schrecklich widergellen;
Einst kniete man vor diesem Weib,
Jetzt sieh', wie sie sich schamlos windet
Und gierig den entweihten Leib
Dem Knechte beut, des Hand sie bindet.

Ich fühlte, wenn ich nächtig schritt
Wohl oft so was von Wahnsinns Nähe,

Dicht hinter mir ein plumper Tritt,
Im Ohr Gelächter und Gekrähe;
Es packte mich im Nackenhaar
Und raunte schauerliche Weisen,
Und aus dem Dunkel starrte klar
Ein Aug' mich an mit Flammenkreisen.

Das ist, wovor mir bangt und graust:
Nur nicht in dieses Hauses Schrecken,
Nicht unter jener Henker Faust,
Nicht in das Schrei'n und Zähneblecken!
Und doch zu diesem Tore zieht
mich immerfort ein heimlich Harren ...
Hinein, hinaus? ... Mein Fuß entflieht,
Sobald die schweren Riegel knarren.

20.

So oft ich kam, so oft ich schied,
Dieselben alten Gesichter,
Immer das nämliche dumme Lied:
Bewahrt das Feu'r und die Lichter!

Fürwahr, das halt' ein anderer aus,
Ich nicht, soll Gott mich verdammen!
Die Mauern der Stadt und das eigne Haus
Fallen über mir, dünkt mich, zusammen.

Luft, Licht und Luft! Nur einen Zug,
Einen Blick in die Welt, und Freiheit!
Ich habe des Elends satt und genug
Der täglichen Einerleiheit.

Da draußen vor den Toren steht
Der Frühling im Flügelkleide,
Er winkt mit der Hand, er lockt und weht
Und ruft und wirbt: In die Weite!

Und die Vöglein schwingen von Zweig zu Zweig
Sich fort, und die Bäche rinnen,
In der Welt ist alles frei und gleich, –
Warum ich gefangen hier innen?

Fort mit dem Stock, fort mit dem Speer,
Gebt Pfeife und Amt einem andern;
Bin Euer Narr und Nachtwächter nicht mehr,
Verlege mich jetzo auf's Wandern;

So weit der liebe Himmel blau,
So weit voll Menschen die Städte,
So weit voll Blumen die grüne Au,
So weit frei des Stromes Bette!

Einen Stecken aus dem nächsten Zaun,
Auf den Hut ein frisches Reisig!
Dann hinaus, so flink und so freudig traun
Wie aus seinem Bauer der Zeisig!

21.

Die Tore offen! Im Schilderhaus
Wird's gleich ein »Wer da?« schreien;
Ein Schritt, ein Tritt – und ich bin hinaus,
In der Welt, im Weiten, im Freien!

Wer hält mich denn am Ärmel fest,
Was beizt mich im Auge wie Zwiebeln?
Warum fesselt mich denn dieses alte Nest
Mit seinen Türmen und Giebeln?

Gewöhnung! O allmächtiger Trieb,
Wer mag sich deiner erwehren?
Dem Sklaven wird seine Kette lieb,
Soll er sie zum ersten entbehren.

Und Mariandel, die gute, ehrliche Haut!
Wie wird sie's grämen und schmerzen,
Wenn sie morgen früh aus dem Fenster schaut,
Mich erwartend mit treuem Herzen.

Es gilt ihr nicht um meine Person,
Daran ist wenig gelegen;
Ihr ist's nur um das Geschwätz und den Hohn,
Nur der anderen Leute wegen.

So tröste dich Gott! Ich kann nicht zurück,
Es mahnt die Stunde zu eilen;
Doch find ich draußen ein ordentlich Glück,
Mit der Alten müßt ich's teilen.

Dort steigt der Mond im Osten auf,
Ein willkommener Weggeleiter;
Mit Silber bestreut er meinen Lauf,
Wie hell die Straße, wie heiter!

Ein Posthorn klingt aus fernem Tal
Und verschwimmt im blauen Äther –
Leb wohl, leb wohl viel' tausend Mal,

Du heilige Stadt meiner Väter!

Ich küsse dein Tor im Mondenlicht,
Auf den Boden fall ich nieder;
Dein Sohn entflieht – O frag ihn nicht:
Wie kommst du und wannen wieder?

Nachtwächters Weltgang

>Welt in Duodez;
Der Deutsche versteht's!«

Erste Station

1.

>Nun das haben Sie getroffen,
Eben ist die Messe offen,
Werden blaue Wunder sehen,
Wenn Sie durch die Gassen gehen.«

Und ich suchte nach dem Wunder,
Fand aber nur Waren-Plunder,
Lange Waren, kurze Waren,
Und Verkäufer, ganze Scharen.

Alle Häuser voll Affichen,
Geld auf allen Wechslertischen,
Jeder Winkel ein Bude,
Und die dritte Nas' ein Jude.

Schreien hört' ich, keuchen, laufen:
Herr, hier könn'n Sie alles kaufen,
Gontard bietet seidne Tücher,
Jügel abgestandne Bücher,

Bing Kristalle, Gläser, Lacke,
Breul so Rauch- wie Schnupf-Tabacke,
Kriegesfelder Rock und Hosen,
Und Frau ** die Franzosen.

Hol der Teufel solch ein Schachern,
Feilschen, Mauscheln, Mäkeln, Prachern,
Kurze Waren, lange Waren
Mögen sie zum Henker fahren!

Wahrlich, hier kann wieder gelten
Jenes Afrikaners Schelten:
Feiles Nest, wenn nur zur Stunden
Sich ein Käufer eingefunden!

Deutschland, ja auch Du hast dein Rom;
Diese freie Stadt am Mainstrom
Ist, beschnitten und getauft,
Längst lebendig ausverkauft!

2.

Und daneben die Zeugen der alten Zeit,
Der römisch-deutschen Herrlichkeit,
Der Römer mit seinen Kaiserbildern,
Goldenen Bullen und Wappenschildern!

Der Platz, den einst mit schwerem Tritt
Der neugekrönte Kaiser beschritt
Über scharlachene Decken von Samt,
Worauf in Gold der Adler geflammt!

Dort fiel der Stier, dort sprang der Wein,
Dort riß das Volk die Küche ein,
Und rings ein Drängen in engen Räumen
Mit Glockengeläut und Becherschäumen!

Beschleicht dich in heutiger Nüchternheit
Nimmer ein Traum von solcher Zeit?
Hast du über Herbst- und Ostermessen
Deiner alten Glorie ganz vergessen?

Dein Strom wird breit, dein Quai wird weit,
Deine Straßen verschönen sich alle Zeit,
Und nur dein Herz, dein Volksbewußtsein
Schrumpft ein und wird bald völlig Verlust sein.

Ermanne dich, deutsche Stadt am Main!
Du sollst mit unter den ersten sein,
Nicht bloß ein Tor, um durchzuwandeln,
Nicht bloß eine Halle zum Kaufen und Handeln.

Prozent und Wechsel und Agio,
Das macht ein deutsches Gemüt nicht froh,
Und die Juwelen und die Paläste
Sind auch noch nicht von allem das Beste.

Roll hin in deiner Karossen Glanz;
Du verrollst, verrennst, verrechnest dich ganz;
Und bist und bleibst am Ende netto
Doch nur unser erstes und letztes Ghetto!

3.

Sehn Sie, Bester, dort ums Eck
Jenen prächtgen Wagen rollen?
Wer das war? – Nur keinen Schreck,
Wenn Sie's wirklich wissen wollen!

Das war ER – Ich nenn' ihn nicht,
Deutschland weiß schon, wen ich meine,
Unser Hort und unser Licht,
Er, der Einzle, Einz'ge, Eine!

Glauben nicht, was so ein Mann
Alles unsrer guten Stadt frommt,
Was er will und was er kann,
Ganz vornehmlich, wenn's ins Blatt kommt.

Und wie er bei Jud' und Christ
Für jedwede fremde Not mild
Stets bereit zu helfen ist,
PATER PATRIAE, von Rothschild.

Ja, wie er ganz fein und fern
Selbst im Großen für die Welt sorgt,
Weil er kriegeslust'gen Herrn
Nicht so gleich sein schönes Geld borgt.

Ach! und die enorme Pracht
Seiner Gärten, Parks und Villen,
Schlafzimmer, nicht für die Nacht,
Nur zum Sehn um Gotteswillen!

Bilder unter schwarzem Flor,

Dieses konserviert sie besser,
Und an jedem Eisentor
Drei gewicht'ge Hängeschlösser!

Sehn Sie! Wieder dort ums Eck!
Die Livree, der Staat von Federn,
Rappen mit 'nem weißen Fleck,
Englisch all's bis zu den Rädern!

Und dem Kutscher hat heut früh
Frau Baronin noch geraten:
Halt dich schepp, dann meinen sie,
Wir sein von die Diplomaten.

4.

Schlenderte eines Tags verlassen
Umher in der Eschenheimer Gassen,
Und trat in einen Hof, darinnen stand
Ein Österreicher, Musket' in der Hand.

Seh' mir die Treppen, Höfe, Gänge,
Der bestäubten Fenster Menge
Recht neugierig und teilnehmend an,
Just wie nur ein Fremder gaffen kann.

Kommt aus dem Haus mit leisen, raschen
Schritten ein Mann mit Akten in den Taschen,
Den frag' ich mit einem Gruße frank und frei:
Was das für ein großes Haus hier sei?

Das Männlein blinzt durch seine Brille

Mich an und hustet nach langer Stille:
Ihnen das zu sagen, bin ich nicht kompetent;
Sprach's, ging, machte sein Kompliment.

Nun hab' ich's gewußt, woran ich gewesen,
Der Österreicher aber, ohne viel Federlesen,
Kommt auf mich zu und fragt mich grob,
Was ich hier in dem Hause zu suchen hob?

Gott sei Dank, hier hab' ich nichts zu suchen,
Da fing der Holter an zu fluchen:
Dann gehn's Ihrer Wege als guter Christ,
Sehn ja, daß hier nichts zu finden ist!

5.

(Marchesi's Goethe in der Bibliothek)

Hier laßt ihn bleiben in der kühlen Halle,
Im Vorhof freier Kunst und Wissenschaft;
Stellt ihn nicht hin, ein Schaugericht für alle,
Ihn, der dem Pöbel stets sich stolz entrafft!

Wer nach ihm sucht, wird ihn zu finden wissen,
Steht er auch nicht auf offnem Markte aus,
Nur gebt ihn Eurer Nächte Finsternissen
Nicht preis und Eurer ew'gen Winter Graus!

Ihr lest es klar in diesen Marmorzügen,
Im Lächeln, das die Grazien geweiht:
Allein den Besten seiner Zeit genügen,
Das war ihm Trost und das Unsterblichkeit.

42

O du, der Deinen Liebe kaum erreichbar,
Wie drückst du in den Staub wer dir sich naht!
Wie herrlich, dem Olympier vergleichbar,
Thronst du in deinem Hohenpriesterstaat!

Seht dieser Glieder Füll' und Mannesstärke,
Die Wölbung dieser lebensreichen Brust,
Die breite Stirn, die Wiege seiner Werke,
Des Nackens Hoheit, frei und selbstbewußt,

Des Mundes Anmut, selbst im Steine lebend,
Des Heldenleibes selig-feste Ruh';
Noch flattern, leicht wie Schatten um ihn schwebend,
Gedanken diesen vollen Schläfen zu.

So dachte ihn, so malte ihn die Liebe
Und fügsam folgte Künstlers Meißel ihr;
Ja, wenn uns nur dies eine Bildnis bliebe,
Wir hätten doch das treueste von dir.

Wie anders aber, da ein wirklich Leben
In Schritt und Blick und Wort dies Bild noch trug,
Da dieser Geist noch schuf in mächt'gem Weben,
Da dieses Herz in warmen Pulsen schlug!

O daß ich damals mich mit Flügelschnelle
Zur Pilgerfahrt nach Mekka nicht geschickt,
Daß nie mein Knie an deines Zimmers Schwelle,
Der heiligen Kaaba sich gebückt!

Ein Knabe war ich, als die Trauerkunde
Von deinem Tode durch die Lande scholl,
Noch weiß ich, wie ich sie mit bangem Munde

Nachlallte, Herz und Auge übervoll.

Nun kann ich vor dein totes Bild nur treten,
Freudlos strömt meiner Liebe Schatz sich aus,
An deiner Fürstengruft nur darf ich beten
Und weinend gehn durch dein verwaistes Haus.

Ach wie ein Kind, ein müdes, lehn' ich neben
Dem Marmorblock, der deine Züge trägt,
Und meine Lippe drückt mit stummem Beben
Auf deine Hand sich, heiß und tiefbewegt.

Ein Schauer rieselt aus des Steines Kühle
Durch Hirn und Blut mir, wie ein kalter Schlag,
Und aufgerührt mit wechselndem Gefühle
Zuckt meine Seele dieser Strömung nach.

Was in mir war, Unlauteres und Wildes,
Ward fortgeflößt von diesem Geisterkuß,
Ein neues Leben rinnt, ein reines, mildes,
Durch meiner Adern friedlicheren Fluß.

Du bist mir nahe, ich empfand dein Walten,
Beschwichtigt schwieg der Drang der Welt in mir,
Ein lichter Kreis verheißender Gestalten
Grüßte, wie Zukunftsträume, mich von dir.

Die Stätt' ist heilig – Löset mir die Schuhe,
Hier fall ich nieder, wo ein Gott geweilt;
Als sein Vermächtnis säuselt sel'ge Ruhe
Durch diesen Tempel, allen mitgeteilt.

Nun laßt mich mit dem Dichterschwure scheiden,

44

Den ich ihm gab als dieser Stunde Pfand!
Ist er gelöst durch Taten und durch Leiden,
Dann wieder küss' ich meines Meisters Hand.

6.

Aus kleinen Wurzeln sprossen starke Bäume,
Ein mächt'ger Strom entspringt aus dunklem Quell:
Dran mahnen diese unscheinbaren Räume,
Ehmals dein Zelt, erwähltes Israel!

Die Sonne dringt, des Mondes Leuchten nimmer
In jene Hütten voller Rauch und Schmutz,
Und nur der Sabbatslampe seltner Schimmer
Bestrahlt den innen streng versteckten Putz.

Wie dräuend-schwer die Giebel überhängen,
Von Dampf geschwärzt, von Alters Wucht gebeugt!
Wie sie zu Schutz und Trutz zusammendrängen,
Als hätte die Gewalt sie hergescheucht!

Aus niedren Pforten, wie aus Mördergruben,
Gähnt ew'ges Dunkel rätselhaft dich an,
Und schmale Stiegen klimmen auf in Stuben,
Durch deren Fenster nie ein Lichtstrahl rann.

Und stete Nässe in der engen Gasse,
Die krumm und winklicht ihres Weges schleicht,
Und vor den Türen hagre, scharfe, blasse
Gesichter, von der Leidenschaft gebleicht.

Das Judenviertel! – O Barbaren-Zeiten,

Da man ein Volk hier sklavisch eingezwängt,
Und da des Nachts am Tor, zu beiden Seiten,
Ein unerbittlich-ehern Schloß gehängt;

Da jeder von des Reiches Kammerknechten
Sein Judenzeichen samt der Kalle trug,
Und da der Junkherr mit der kecken Rechten
Straflos in des Ebräers Antlitz schlug!

Sie sind dahin, die vielgeschmälten Tage,
Das Blättlein hat schon leise sich gewandt,
Und Juda ringt uns unter ew'ger Klage
Listig das Heft aus ungeschickter Hand.

Emanzipiert, wie Ihr es einst verrammelt,
Dies zähe Volk, die Mode wechselt ja;
Es hat schon längst zu Haufen sich gesammelt
Und steht als Macht, Euch gegenüber, da.

Den Landmann drängt es hart aus seinem Sitze,
Den Krämer scheucht es von dem Markte fort,
Und halb um Gold, und halb mit Sklavenwitze
Kauft es dem Zeitgeist ab sein Losungswort.

Wißt Ihr, wie tief sein Zauber schon gedrungen?
Schaut um, die ihr von Menschenrechten träumt;
Sie reden drein mit den metallnen Zungen,
Wo scheu der Christ verstummt und zagt und säumt.

Was kann dem Stamm Emanzipieren frommen,
Der nie vom Schacher sich emanzipiert?
Was Ihr ihm schenken wollt hat er genommen,
Dieweil Ihr um Prinzipien disputiert!

Wohin Ihr faßt, Ihr werdet Juden fassen,
Allüberall das Lieblingsvolk des HErrn!
Geht, sperrt sie wieder in die alten Gassen,
Eh' sie Euch in ein Christenviertel sperrn!

Auch ein Rheinlied

– nota bene ohne Becher –!

(1841 geschrieben zu Caub, in einer Lenznacht).

»Quousque tandem ...!?«

»Dies war die Stelle«, sprach ein greiser Krieger,
»Wo wir im Winter über sind gesetzt;
Hier haben wir zum ersten Mal als Sieger
Auf ihrer Schwelle unser Schwert gewetzt.
Herr – Eine Lust! Der Alt' auf seinem Schimmel,
Dort sprengt' er in die eisbedeckte Flut,
Und in den Wellen spiegelte der Himmel
Hell seine Sterne ab und unsren Mut.«

Nachdenklich sah ich in das dunkle Wasser,
Das träumend durch die stille Talschlucht zog.
Die Bilder alle der Franzosenhasser,
Friedlich zu Fuße und zu Rosse hoch,
Die zahmen, die mit Wort und Reimen streiten,
Die wilden, die der Kampf ins Feuer trug,
Ich sah gespenstig sie hinüberschreiten,
Gen Westen zu ein langer Pilgerzug.

Grau nickten die zerbrochnen Ritterschlösser

Hernieder an den »freien, deutschen« Strand ...
War jene Zeit, so fragt' ich, deutscher, besser
Und freier, da ihr stolzes Haupt noch stand,
Da Sang und Klang von ihren Söllern tönte
Und Jammer aus dem dunklen Burgverlies,
Da frech der Edle die Vasallen höhnte
Und Wanderer am Wege niederstieß?

Und jene Zeit, da mit dem Fürstenschwerte
Der Krummstab eines mächt'gen Pfaffen focht?
Und jene, da die freie, deutsche Erde
Ein kühner Römer spielend unterjocht – ? –
»Frei« war der Rhein, da er durch öde Steine
Noch unbewohnt sich selbst die Bahnen brach,
»Deutsch« war der Rhein, da hier im Eichenhaine
Ein wildes Volk auf Bärenhäuten lag!

Geht mir mit Euren Liedern für und wider!
Geduldig ist das lumpige Papier,
Gleichgiltig strömt und kühl die Welle nieder,
Taub für der Menschen Zank um Mir und Dir,
Dem Franzmann beut sie schmeichlerisch den Rücken
Und trägt den Deutschen, wirft er sich hinein:
Der Rhein, wie Ihr, läßt sich von jedem drücken,
Drum heißt er auch der freie deutsche Rhein.

Dumpf grollend ging die Woge mir zu Füßen,
Als wüßte sie, was meine Lippe schalt.
Da tauchte abwärts, unter Böllerschüssen,
Ein Nachtbild auf von riesiger Gestalt;
Dem Strom entgegen wälzte sich im Düstern
Mit Donnerton der Dämpfer her von fern,
Und Rauch und Schaum entsprühte seinen Nüstern,

Und hoch am Maste hing es wie ein Stern.

Stern einer neuen Zeit! Sei mir willkommen!
Du gehst zur richtigen Minute auf,
Heran mit Deinen Wundern komm geschwommen,
Entgegen dem gewohnten Wellen-Lauf,
Erwecke sie, die hier am Ufer träumen,
Und reiß sie fort mit Deiner Räder Kraft!
Ja, brausen muß, wie Du, die Zeit und schäumen,
Eh' sie den neuen Geist lebendig schafft!

Strom-auf und nieder schwinge Deine Fahnen,
Trag hin und her Dein Feuer durch die Welt,
Sei mit den eisernen Gedanken-Bahnen
Der Blitz, der uns die graue Nacht erhellt,
Das Band, das uns Geschiedene vereinet,
Die Hand, die uns durch Rad und Ruder lenkt –
Dann wird er »frei«, doch freier, als Ihr meinet,
Dann wird er »deutsch«, doch deutscher, als Ihr denkt!

Auf, frommes Köln, auf, heitres Mainz, erwache,
Du, junges Mannheim, mache Dich bereit;
Von Stadt zu Stadt, den wachsenden, entfache
Sich die Aurora einer neuen Zeit!
Und Ihr, die uns von deutscher Lebensader
So viel geschwatzt, – daß sie zu reich nicht quillt!
Ihr schürtet drin und draußen an dem Hader,
Wie, wenn er, *einig,* Euch am Ende gilt?

Ihr habt's beschworen, seht nun, daß Ihr's zwinget,
Sonst wächst das Kind Euch alten übers Haupt;
Dort fliegt es hin, ein Vogel leicht beschwinget,
Unhemmbar, stark, am Ziel, eh Ihr es glaubt.

Der freie Rhein – Ja, frei nicht bloß von Franken,
Der deutsche Rhein – Ja, deutsch nicht bloß zum Spaß ...
Gut' Nacht! Ich will dem alten Herr-Gott danken,
Daß er – Genug, ich weiß noch nicht für was!

Zweite Station

1.

O wunderreiche Stadt der Neuhellenen,
Apollo-Antlitz mit Silenos-Finnen,
Komödienhaus, voll neuen Trödels innen,
Außen bemalt mit hochantiken Szenen!

Ein Pfaffe deklamiert statt Demosthenen,
Das Kuchelmensch ersetzt die Charitinnen
Und schenkt den ewig durst'gen Pierinnen
Bock und Salvator, ihre Hippokrenen.

Stellt doch ans Tor als städtisches Gewappen
Ein griechisch Götterbild mit kahlem Scheitel,
Worauf der Inful bunte Hängelappen;

Gebt in die Linke ihm ein leeres Seidel,
Ihm in die Rechte drei Stück Kruzifixe: –
So habt ihr München im modernen Wixe!

2.

Wie süß, verehrter Kabinetts-Minister,
Klingt, im Vergleich zu Pöbeltums-Gekreisch,
Höchst-Ihrer Laute liebliches Geflister
Zu Tee mit Butterbrot und Hammelfleisch!

Mag auch die Aftermuse mit Geräusch
Losziehen wider Schlendrian und Philister,

Die Ihrige bleibt mild, loyal und keusch,
Sie und der Schlaf sind leibliche Geschwister.

Gebenedeit das Land vor allen Ländern,
Das Rät' und Richter schmückt mit Lorbeerzweigen
Und Dichter mit Minister-Ordens-Bändern!

Nur kann ich eine Frage kaum verschweigen,
Ob jene mehr Minister oder Dichter,
Und diese mehr Poeten oder Richter?

3.

Hinaus, hinaus aus diesen kalten Steinen,
Hinweg von den verödeten Arkaden!
Es lockt der Mai auf den Kastanien-Pfaden
Zu sich zurück die bildersatten Seinen.

Wie bleich, wie welk nun jene Farben scheinen,
Zum Himmelsblau und Grün der Promenaden,
Wie stumm zu den aufjubelnden Rouladen,
Die aus den Büschen klingen, aus den Hainen!

So eben hört' ich aus den lichten Blättern,
Die ängstlich noch als königliche knistern,
Vernehmlich eines Sprossers Kehle schmettern:

Die Kunst ist fremd und tot und ohne Seele,
Kann sich die Freiheit ihr nicht treu verschwistern;
Das ist, als ob dem Mai die Stimme fehle!

4.

Es fragt mich einer, wie's der Brust ergangen,
Die jenes Wort im Königsgarten rief,
Und ob sie nicht schon hinter Schloß und Stangen
Ihr Frühlingsräuschlein abgekühlt verschlief?

Ach nein, mein Freund! Das Abenteuer lief
Friedfertig ab und ohne groß Belangen,
Der Sänger schwieg, nachdem er, hoch und tief,
Zehnmal sein Lied vergeblich angefangen.

Dicht unter ihm und seiner schweren Klage
Ging achtlos das geputzte Volk vorbei,
Vom Orient schwatzend und der Zuckerfrage.

Ihn überschrie die Liebesdudelei
Aus einem nahen Spatzen-Lustgelage
Und zahmer Papagein Lobhudelei ...

5.

(Für Ludwig Schwanthaler.)

An Rumpf und Gliedern jämmerlich zerbrochen,
Gebannt in eine Form aus Sand und Lehm,
Hernach in Flammen, die fanatisch kochen,
Gegossen nach erkünsteltem System,

So liegst Du, lichtlos, starr und unbequem
In Deiner Gruft, Bavaria, viele Wochen,
Bis daß der Meister, wann es ihm genehm,

Sein »fertig« seufzend über Dich gesprochen.

Und dann, ein Monument für das Jahrhundert,
Von außen glänzend' Erz, von innen hohl,
Stehst Du erhaben da und all-bewundert.

Nur schad: Eins fehlt dem riesigen Symbol,
Daß König Ludwig noch den Hammer hebe
Und mit dem letzten Schlag Dir sage: LEBE!

6.

Des Tags, da Christus starb zu Gottes Ehre,
Kniet' ich an der Michälis-Kirche Schwelle,
Umbraust von stolzer Sang- und Orgel-Welle,
Still und zerknirscht: – »O Christe, Miserere!«

Am Hochaltar erlosch die Kerzenhelle
Langsam und mälig, bis die lautlos-schwere,
Die starre Nacht – »O Christe, Miserere!« –
Rings auf den Betern lag und der Kapelle.

Und als ich so sie schwinden sah, die Lichter,
Eins nach dem andern von der Nacht verschlungen,
Schien mir's, als ob's ein Bild des Landes wäre:

Bald schied ein Denker, bald erstarb ein Dichter,
Still ward's und öd' und aus den Dämmerungen
Klang's schluchzend auf: – »O Christe, Miserere!« –

Frage und Antwort

Gesellschaftsspiel

»Warum denn nur in allen Sachen
Den unzufrieden Tadler machen?
Was spielst Du, nimmer-müder Krittler,
Nicht lieber freundlich den Vermittler?

Dein Sinn besieht mit rechtem Willen
Die Welt durch schwarzgefärbte Brillen,
Und in Kritik, in Wunsch und Klage
Verträumst Du Deine besten Tage.

Du wirst durch Predigen und Schimpfen
Nur Mißmut in die Menschen impfen,
Und dennoch macht Dein wildes Lästern
Das träge Heute nicht zum Gestern.

Du kannst das Rad der Zeit nicht drehen,
Es wird im alten Gleise gehen,
Das Wort befreit die Erde nimmer,
Es macht nur schlimme Dinge schlimmer.

Genieß doch wie die andren tuen,
Die weise dort im Schatten ruhen,
Und statt die Macht keck zu bestreiten,
Such schlau an ihr emporzugleiten.

Was kümmern Dich die freien Pressen,
Wenn du zu trinken hast, zu essen?
Und was das allgemeine Beste,
Wenn Du behaglich sitz'st im Neste?

Sieh zu, wie hoch's die Klugen treiben,
Willst Du am Boden ewig bleiben?
Du hast die Kraft, nun brauch sie richtig
Und mach Dein Pfund durch Wucher wichtig!«

– Und hätten so wie Du gedacht
Die unsre Väter sind,
So wär's im Land noch immer Nacht
Und wir noch immer blind.

Wohl ist es schwach und arm mein Wort,
Weil ich nur Dichter bin,
Doch trägt's vielleicht ein Lüftchen fort,
Wer weiß wie und wohin?

Es gleicht dem dunklen Samenkorn,
Du kennst das alte Bild:
Eins fällt in Busch und Stein und Dorn,
Eins in ein Fruchtgefild.

Vielleicht blüht über Tag und Jahr,
Wenn längst der Sä'mann tot,
Auf steilen Felsen wunderbar
Ein Blümlein weiß und rot.

Der Frühling kommt schon über Nacht,
Ziehn erst die Schwalben um;
Weil eine keinen Sommer macht,
Drum sei sie noch nicht stumm.

Und wenn ich nicht, wie Ihr es wollt,
Euch lobe mit Geschrei, –
Ei nun! ich singe nicht um Gold

Und bin kein Papagei.

Ihr mietet Euch des Zeugs genug
Und für Euch sind sie all,
So laßt der Lerche ihren Flug,
Ihr Lied der Nachtigall.

Nach Hohem steht mir nicht der Sinn,
Wie Ihr es meint, Ihr Herrn,
Nach Sternen streb' ich freilich hin,
Doch nicht nach einem Stern.

Mit Euch genießen mag ich nicht,
Ihr weint ja nicht mit mir,
Und was das Herz entzwei mir bricht,
Ach! dazu lächelt Ihr.

Daß ich die Welt nicht anders seh,
Als wie – durch Euch! – sie ward,
Glaubt mir, das tut Euch minder weh,
Als mir und meiner Art.

Geh du die Wege deiner Pflicht,
Weil ich die meinen geh';
Ich hadre mit dir wahrlich nicht,
Und damit, Mann, ade!

Drittes Statiönchen

1.

Dutzend-Fürsten, Taschen-Höflein,
Glücklich, wer euch niemals kennt!
Hoffouriers- und Kammerzöflein-
Und Actricen-Regiment!

Alles ein Intrigen-Knäuel,
Teegeklatsch und Weiberschnack, –
Schütz Euch Gott vor solchem Greuel
Und vor seidnem Lumpenpack!

Mittags spart man's ab am Essen,
Trinkt Zichorien statt Kaffee,
Und der Wein wird karg gemessen,
Alles für die Soirée.

Ohne Hosen wird gesessen
Morgens früh bei dem Lever,
Denn der Schneider näht die Tressen
An zur heutgen Soirée.

Aber abends welcher Lüstre,
Welch Getümmel, welcher Glanz,
Welch vornehmes Hofgeflüster,
Welcher reiche Damenkranz!

Eines Kammerherren Schlüssel
Reibt sich am Minister-Stern,
Und von einer leeren Schüssel

Nähmen alle beide gern.

Generalen-Epauletten
Werden rot, weil sie nicht echt,
Neben den massiven Ketten,
Die der Herr Hofbanquier trägt.

Plötzlich fliegen auf die Türen,
»!Ha, der HErr!« heißt's überall:
Seine Durchlaucht sieht man führen
Ihre Durchlaucht in den Saal!

Und nach dem Adreßkalender
Reiht sich alles hoch und tief,
Alle Herren stehn wie Ständer,
Alle Damen knixen schief.

Sieh, mit spanischer Grandezza
Sieht der Herr durch ihre Reihn,
Er nur redet laut und mezza
Voce falln die andern ein.

Hungern, Dursten, Gähnen, Frieren,
Echo und Maschine sein,
Obendrein im Whist verlieren
Und im Tanz sich abkastein –

O der übertünchten Leere,
Draus die Armut allwärts schielt,
Just als ob's ein Jahrmarkt wäre,
Wo man Volkstheater spielt!

Munter, munter, Marionetten,

Tanzt zu Seinem Zeitvertreib!
Ha, wenn sie den Draht nicht hätten,
Hätten sie nichts in *Kopf* und *Leib!*

2.

Jüngstens ist im Hoftheater
Unsrem lieben Landesvater
Folgendes Malheur passiert,
Wie die Chronik referiert.

Durch die fürstliche Lorgnette
Blickend von gewohnter Stätte,
Fand der adlersicht'ge HErr
Einen Fremdling im Parterr.

War kein Kerl wie andre Fremde,
Trug ein blaugestreiftes Hemde
Und ein tricolores Tuch, –
Gründe zum Verdacht genug!

Sein Gesicht von roter Farbe
Zeigte eine breite Narbe,
Und der rundgezogne Bart
Schien verpönter Hambachs-Art.

Auf der Stirne böse Falten,
Aber doch zurückgehalten,
Fragt der HErr den Kammerherr,
Wer der Fremdling im Parterr?

Und der Kammerherr schickt's weiter

An des Fürsten Leibbereiter,
An den Rat und Adjutant –
Keiner hat den Kerl gekannt.

In den Logen ersten Ranges
Hob darauf ein leises, banges,
Scheues Flistern ringsum an,
Alles für den fremden Mann.

»Durchlaucht spricht von Propagande,
Fort mit ihm aus unsrem Lande,
Weh ihm, wenn in Tagesfrist
Er noch hier zu finden ist!«

So ein Polizei-Beamte,
Welchen heil'ger Zorn entflammte,
Aber Durchlaucht winkte still,
Daß er's selber ordnen will.

Seiner Diener schickt er einen,
Vor dem Fremdling zu erscheinen
Und zu fragen frank und frei,
Wer, woher und was er sei?

Nach minutenlangem Harren,
Ängstlichem Hinunterstarren,
Kommt mit klug verschwiegnem Blick
Der Lakai zum HErrn zurück.

»Durchlaucht! dieser Fremdling,« spricht er,
»Nennt sich Johann Jacob Richter,
Macht in Senf für eignes Haus« – –
– »Stille!« – Und der Spuk war aus!

Drei neue Stücklein mit alten Weisen

(Für Deutsche Liedertafeln.)

1.

Mel. Das Volk steht auf, der Sturm bricht los.

Herr Michel und der Vogel Strauß
Sind leibliche Geschwister:
Aus diesem guckt's Kamel heraus,
Aus jenem der Philister.

Sie flögen gern und könnten's auch,
Die Schwingen sind gegeben,
Doch bleiben sie nach altem Brauch
Fein an der Erde kleben.

Der eine birgt den Kopf im Sand
Und läßt den Steiß sich blasen,
Der andre wühlt sich mit Verstand
In Bücher ein und Phrasen.

Indes hat man dem Strauß geschickt
Die Federn ausgerissen,
Indes die Fremde sich geschmückt
Mit Michels Geist und Wissen.

Sie lassen alle beide sich
Von einem Kinde leiten,
Das spornt und treibt sie ritterlich
Und lacht: Ich will Euch reiten.

Und was der Strauß für einen Wanst
Besitzt und welchen Magen!
– Nur du, mein deutscher Michel, kannst
Und mußt noch mehr vertragen!

2.

Mel. Heil unsern Fürsten, Heil.

Ihr macht mich irr durch das Gekrächz
Von Russen und Franzosen;
»Konservativer« heißt es rechts,
Und links heißt's »Ohne-Hosen«.

»Was ist des Deutschen Vaterland?«
So singt Ihr alle Tage,
Doch weder Rhein- noch Donaustrand
Antworten auf die Frage.

Wenn einer: »Lippe-Detmold« spricht, –
Hui, Partikularismus!
Und haßt er die Pariser nicht, –
Pfui, Kosmopolitismus!

Das Vaterland ist immer so,
Wie's passend wird befunden,
Bald Klein-Sedez, bald Folio,
Doch immerdar – gebunden!

Auflagen und den Druck versehn
Gern selbst die großen Herren,
Und die nicht so wie andre stehn,

Die Lettern läßt man – sperren.

Fürwahr, ein komischer Roman!
Wie wär's, wenn wir's versuchten,
Und bänden statt in Corduan
In Klammern ihn und Juchten?!

3.

Mel. Hoch klingt das Lied vom braven Mann.

Was ist, Ihr Herrn, ein deutscher Patriot? –
An alle Fakultäten diese Frage – ? –
»Ein Mann, der sonntags dient dem lieben Gott
Und seinem König alle Werkeltage.«

Was will, Ihr Herrn, ein deutscher Patriot? –
»Für sich ein Ämtchen, Titelchen und Bändchen,
Für seine – ehelichen – Kinder Brot
Und legitime Fürsten für sein Ländchen.«

Wie denkt, Ihr Herrn, ein deutscher Patriot? –
»Wenn's hoch kommt, wie die Allgemeine Zeitung;
Vom Franzmann spricht er nur mit Haß und Spott
Und schwärmt für Preußens Gaslichts-Welt-Verbreitung.«

Was kann, Ihr Herrn, ein deutscher Patriot? –
»Rezepte, Akten und Kompendien machen,
Laut klagen über seines Volkes Not
Und heimlich in sein sichres Fäustchen lachen.«

Hinaus zum Tempel, deutscher Patriot! –

64

– Eh' du dich in's Sanctissimum geheuchelt,
Und eh' dein Kuß, Judas Ischarioth,
Die Freiheit, den Messias, rücklings meuchelt!!

Vierte Station

1.

Allmächt'ger Frühling, deck mit deinen Ranken,
Mit deines Rasens Grün dies Trümmer zu,
Und sing ein Volk von hoffnungslosen Kranken
Durch deine Nachtigallen süß zur Ruh'!

Vergeude nicht an andre deine Schätze,
Spar deinen Lebenshauch, hier tut er not;
O komm und weine auf die wüsten Plätze,
Wo Brand und Kampf und Pest und Mord gedroht!

Hier stand ein Haus, wo jetzt auf morschen Ständern
Ein Truggebild sich haltlos wiegt und streckt,
Hier blühten Saaten, wo auf brachen Ländern
Gestrüpp und Schlingkraut heut den Boden deckt.

Wes war die Hand, die unter sichre Dächer
Zuerst die Fackel der Zerstörung hielt,
Die in dem Innren friedlicher Gemächer
Auf treue Männer mörderisch gezielt?

Wer zog die Stützen eines sichren Lebens
Dem Volke fort und brach der Väter Eid?
Wer schlug die Kraft des edlen Gegenstrebens,
Durch Lug und Trug, durch Zwang und Drang und Leid?

Verbotne Fragen! ... Trage in der Stille,
Was zu ertragen sich ein Volk entschloß;
Unendliches vermag ein ehrner Wille,

Und ach! die Zeit trägt böse Frucht im Schoß.

Sieh, wie gebeugt die weisen Häupter alle,
Sieh, wie zerrissen jede Kraft im Staat,
Es schwankt das Land, gleich einem irren Balle,
Von Pol zu Pol und weiß sich keinen Rat.

Parteiung schleicht in seinem Heiligtume
Gefährlich um, Mut und Vertrauen wankt;
Weh, armes Volk, weh deinem alten Ruhme,
Dein Herz ist hart getroffen und erkrankt.

Aufwärts die Blicke aus dem nächsten Grauen
Der Gegenwart; nicht ewig währt die Nacht!
Wer weiß, wie bald die Himmel wieder blauen?
Wer weiß, wie früh ein deutsches Volk erwacht?

Der Frühling ist zurück ins Land geflogen,
Ihn hemmte weder Maut noch Polizei,
Frei schreitet er einher und ruft den Wogen,
Den Wäldern zu, den Wiesen: Ihr seid frei!

Und tausend Stimmen, die im Chor erwidern,
Und tausend Kräfte, die sich neu geregt;
Hört nur, wie ihres Heeres schmucken Gliedern
Die Lerche mahnend die Reveille schlägt!

Getrost, getrost! Dein Frühling auch wird kommen.
Vielleicht, du ahnst es nicht, ist er schon nah;
Und wird, zu schwer, dein Kreuz dir nicht genommen,
Ei nun! so wirf es ab! du kannst es ja!

2.

Zur Zeit des Sturmes, so wie heute,
Da sondert sich vom Korn die Spreu,
Da lernt man kennen seine Leute,
Die meisten falsch, nur wenig' treu.

Auch du hast in den letzten Jahren,
Hart heimgesuchtes deutsches Land,
Manch schmerzlichen Verlust erfahren
Und eingebüßt manch wackre Hand.

Doch stehn als einsam letzte Stützen
Noch viele Männer stark und fest,
Die, unermüdet dir zu nützen,
Ausharren bis zum einst'gen Rest,

Die treu dem abgelegten Eide
Verfechten dein geweihtes Recht,
Und hoch ob allem Haß und Neide
Fortstreben, ein Hero'ngeschlecht.

Das ist der Deutschen wahre Einheit,
Das ihres Volkes bester Halt,
Männer von strenger Sitten-Reinheit
Und von Gesinnungs-Allgewalt.

Sie wissen einer kaum vom andern,
Sie stehn vereinzelt, unbekannt,
Doch ihre Wort' und Werke wandern,
Elektrisch zündend, durch das Land.

Meßt sie nicht an der Krämer-Elle,

Lobt und verdammt sie nicht zumal,
Nennt sie nicht Konstitutionelle,
Noch minder ultra-liberal!

Es sind nur eben deutsche Herzen,
Den' nichts fehlt, als ein deutscher Arm,
Für eines Volkes Wohl und Schmerzen
In einer kühlen Zeit noch warm;

Und sind nur eben deutsche Geister,
Für Freiheit, Recht und Licht entbrannt,
Die in der Wahrheit ihren Meister,
Tyrannen in der Lüg' erkannt.

Seht dort im Süden, hier im Norden,
Zerstreut wie Sterne, stehn sie da,
Noch ist die Nacht nicht Tag geworden,
Allein, allein – der Morgen nah!

Wer zweifelt, daß es tagen werde,
Der schaue sich die Sterne an;
Apostel für die deutsche Erde
Ist ja ein jeder solcher Mann!

Auf, auf! Ein Chor zu ihrem Preise,
Kein Flistern und kein Pöbelschrein,
Nicht nach der Marseillaise Weise
Und auch nicht nach dem Lied vom Rhein!

Ein Hoch, das sie uns nicht verwehren,
Darin kein Namen und kein Stand,
Den Helden nah und fern zu Ehren,
Den letzten für ihr Vaterland!

3.

Es sprengte aus dem Königsschloß
Ein Zug von stolzen Reitern,
Ein Paar voran dem andren Troß,
Den dienenden Begleitern.

Wer war auf jenem braunen Roß
Der Mann im Silberbügel?
Es hielt, so schien es, der Genoß
Sein Tier geheim am Zügel?

»Und kennst du unsres Herren Sohn
Nicht besser, unsren Prinzen!
Der erbt vom Vater einst den Thron
Und von uns die Provinzen.«

Gott schütze, armes Fürstenkind,
Dein Auge und dein Leben!
So jung, so gut, so klug – und blind:
Kann's größren Jammer geben?

Es sieht dein bleiches Angesicht,
Gefurcht von langen Leiden,
Den Bettler an der Ecke nicht,
Sonst würd es ihn beneiden.

Und auch die Liebe siehst du nicht
Des Volkes dich geleiten,
Mechanisch grüßt dein Angesicht
Und lächelnd aller Seiten.

Doch einst, mein Prinz, wie wird es sein,

Wenn du bist König 'worden,
Wenn erst der schwere Szepter dein,
Und dein des Vaters Orden?

Soll dann für dich die fremde Hand
Dein Volk so sicher leiten,
Wie jetzt dein Roß am Gängelband
Der Mann zu deiner Seiten?

Genügt es dir, so bloß zum Schein
Zu führen Zaum und Zügel?
Und wirst du fest im Herrschen sein,
Wie heute fest im Bügel?

Dein Roß wird scheu – Hab acht, hab acht!
Das war ein schlimmes Zeichen,
Drück ihm die Sporen nicht mit Macht,
Die goldnen, in die Weichen!

Gemach, du blindes Fürstenkind!
Ein Zaum ist bald zerrissen,
Und wilder noch als Hengste sind
Die Völker, mußt du wissen.

4.

Die Straßen ab und auf die Straßen
Geht der Soldaten-Zapfenstreich,
Die Trommel rasselt, Hörner blasen:
Wie lau die Nacht, wie warm, wie weich!
Horch! Höher schwillt der Töne Wogen,
Gewiegt auf linder Weste Schwing',

Und majestätisch lang-gezogen
Steigts auf zum dunklen Himmelsbogen:
God save the king!

Dort sitzt er, dem die Töne rufen,
Beim Mahl im marmornen Palast,
Es hat des Thrones hohe Stufen
Die Schar der Großen eingefaßt;
Wer zählt, wie oft im Speisesaale
Der Becher schon die Runde ging,
Indes der Chor an dem Portale
Vergeblich rief so viele Male:
God save the king!

Und als ein Ton hinaufgeklungen
Zum Platz, wo er gesessen war,
Da hat er hoch sein Glas geschwungen
Und ausgerufen trotzig-klar:
Da habt Ihr meines Satzes Probe:
Ein deutsches Volk ein gutes Ding;
Am Morgen Aufruhr und Getobe,
Und abends, mir und ihm zum Lobe,
God save the king!

Er sprach's und lachte, daß es dröhnte
Und schüttelte den weißen Bart,
Das Heer der Schranzen lacht' und höhnte
Dem Herren nach, wie Schranzen Art;
Doch draußen schwiegen just die Klänge,
Sobald er an zu reden fing,
Lautlos verlief sich das Gedränge,
Und keiner sang mehr aus der Menge:
God save the king!

Da schauerte ein plötzlich Schweigen
Und Totenstille durch den Saal,
Ein kahles Haupt sah man sich neigen,
Und manche Wange wurde fahl.
Der blinde Knabe nur im Kreise,
In dessen Aug' ein Tropfen hing,
Stand auf und schritt zum Fenster leise
Und flisterte für sich die Weise:
God save the king!

5.

Nacht war's, im Wagen schnarchten die Genossen,
Es schlich das Rad den keuchend-müden Rossen
Mitkeuchend nach durch bahnlos tiefen Sand.
Rings, meiner Blicke schauerliche Weide,
Lag wie ein Bahrtuch, grau und weit die Heide,
Traumhaft und neblicht, ein verzaubert' Land.

Im Dämmer blinkte hie und dort die Rinde
Zerstreuter Birken, deren Laub im Winde
Sich schützend schlang um den verwachsnen Stamm,
Und meilenweit kein Laut sonst in der Runde
Als heisres Bellen ferner Schäferhunde
Und später Frösche Ruf aus Schilf und Schlamm.

Und wie mein Auge, das des Morgens harrte,
Schlaftrunken in die ewge Öde starrte,
Umsonst ein Licht verlangend, einen Stern:
Da plötzlich sah's, dem Wagen stracks entgegen,
Ein dunkles Etwas kauern, stehn, sich regen,
Nicht nah dem Weg und doch dem Blick nicht fern.

Erst kroch, gestaltlos wie die Nacht und finster,
Der Schatten hockend fort durch Moos und Ginster,
In Dunst gehüllt, wohl selbst nicht mehr als Dunst:
Dann wuchs er langsam, schritt gestreckt und schneller
Die Straß' entlang, ward heller stets und heller,
Und dehnte sich und schwoll mit Zauberkunst.

Der Riesenschemen bildet sich am Ende
Zu einem Weib, es fliegt um Brust und Lende
Der Nebel wallend wie ein Nachtgewand;
Ihr Haar umflattert sie gleich einer Schleppe,
Und leisen Fluges schwebt sie durch die Steppe,
Weit ausgestreckt die weiße Knochenhand.

Sieh, wo sie geht, wird dunkler noch und stummer
Die Nacht, ein schwüler Hauch, wie Todesschlummer,
Weht mich aus ihres Mantels Falten an,
Das Moos versinkt, worauf ihr Fuß geschritten,
Und aus verkrüppelter Gesträuppe Mitten
Begleitet leises Wimmern ihre Bahn.

Und wann sie Hütten trifft auf ihren Pfaden,
Da klopft ihr Finger dröhnend an die Laden,
Da reckt ihr Leib sich dräuend übers Dach,
Da bückt sie sich, um durch des Fensters Fugen
Scharf auf der Schläfer Lagerstatt zu lugen
Und in der Armut heiliges Gemach.

Weh jeder Pforte, die sie arglos offen,
Den Menschen wehe, die sie wach getroffen,
Ihr Antlitz sieht den nächsten Tag nicht mehr.
Hört es und kriechet tiefer in die Betten,
Verrammelt Haus und Hof, Euch zu erretten:

Dies ist die Nacht: – Das Heid'weib geht umher!

Warum mit der Hyäne Lauertritten
Umschleichst du diese strohgedeckten Hütten?
Hier weilt kein Opfer, deines Würgens wert.
Was ist der Tod von Hirten oder Bauern,
Den kaum der Nachbarn flüchtiges Bedauern,
Kaum Witwen- oder Waisen-Kummer ehrt?

Statt hier ein dunkeles Geschlecht zu schlagen
Folg jenen Wolken, die gen Süden jagen,
Dem Nordwind, der auf bessre Fährte trägt!
Dort ladet dich der Tod zu Königsfesten
Und deiner harrt in prunkenden Palästen
Ein Edelwild, wie du noch keins erlegt!

Rasch nickte sie und hob mit Zähneblecken
Hoch das Medusenhaupt aus ihren Decken,
Ein lautes Lachen schrillte durch die Nacht;
So heult der Schakal, wenn er in der Syrte
Ein Rehlein traf, ein Lamm, das sich verirrte,
Und wenn er sich zum Sprunge fertig macht.

Der Schläfer Chor fuhr auf aus seinen Träumen,
Wild fing das Viergespann sich an zu bäumen,
Der Wagen ging in scheuem Taumel durch.
Ein Stündlein noch, da rötete sich's östlich,
Das Posthorn klang, wie munter und wie tröstlich, –
Gelobt sei Gott: wir sind in Lüneburg!

Metamorphose

In nova fert animus ...
... Corpora ...

Ovidius

Daß sich mein Lied so grell verändert,
Soll keine Seele Wunder nehmen:
Wer so umher im Lande schlendert,
Lernt bald sich schicken und bequemen.

Der feine Ton, das noble Wesen,
Es übt sich alle Stunde besser;
Schon kann ich jede Zeitung lesen
Und heiße überall Professer.

Sonst machten Kleider doch nur Leute,
Jetzt auch Verstand und Witz und Wissen,
Autoren sind die Schneider heute,
Und nur ein Fürst geht noch zerrissen.

Ein ander' Städtchen, ander' Mädchen,
So sangen einst die Studiosen;
Jetzt lautet es: ein ander' Städtchen,
Ein andrer Rock und andre Hosen.

Der steht in seinem Reisepasse
Als Hoftheater-Lampenputzer,
Begegnest du ihm auf der Gasse,
Riecht er nach Haaröl nur, der Stutzer.

Als Vagabond zog mancher Lümmel
Auf Schusters Rappen aus dem Tore;

Wie kommt er wieder? Hoch zu Schimmel,
Den Hut auf einem (Esels-) Ohre.

Man tituliert ihn Euer Gnaden,
Er hält sich Hunde und Lakaien,
Und hätt' er nicht so dicke Waden,
Man würd' als Grafen ihn verschreien.

Die Zeit hat alles ausgeglichen,
Und was scheinst, das bist du eben;
Dem Adel wird sein »Von« gestrichen,
Um es dem Schreiber aufzukleben.

Sollt' ich der Mode mich nicht fügen,
Dem Weltgesetz für alles Wandern?
Nachtwächter gar und Dichter liegen
Der eine nicht so weit vom andern.

Die graue Puppe ist zerbrochen,
Nun steh' ich im Phalänen-Alter,
Und was aus jener ausgekrochen,
Sagt, ists ein Nacht-, ein Tage-Falter??

Überall und Nirgends

Keine Romanze.

Ein Königreich hab' ich gesehen,
So eins gibt's auf der Welt nicht mehr:
Mit offnem Munde blieb ich stehen,
Und sah und staunte rings umher.

Das war ein Wohlsein allerwegen
In Haus und Hof, zu Stadt und Land,
Ein rechter reicher Gottes-Segen,
Wie ihn mein Auge nirgends fand.

Die Straßen statt von Kriegsmilizen
Waren von Bürgern reich belebt,
Der Hafen hat von Mastenspitzen,
Von Rädern die Chaussée gebebt.

Von Polizei- und Amts-Verboten,
Von Maut-Tarif und Brückengeld,
Schlagbaum und andren Schwerenoten
War auch nicht eine ausgestellt.

Und drinnen? – O da hat ein Glaube
Ganz ohne Pfaff und Priesterstand
Leuchtend, wie einst des Geistes Taube,
Geschwebt ob dem beglückten Land.

Und keine Spur von Mystizismus,
Von Dunkelmänner-Muckerei,
Selbst Luthertum, Katholizismus
Und Gar-Nichts galt für einerlei!

Und Schrift und Wort war freigegeben,
Die Presse seufzte Tag und Nacht,
Jedwede Kraft und jedes Streben,
Wenn echt, ward wirksam auch gemacht.

Vom König war nicht viel zu sehen,
Und doch schien er an jedem Ort,
Und wollt' er wo zu Fuße gehen,

Trug man ihr auf den Händen fort.

Die Stände zeigten so viel Dummheit,
Als guten Ständen nötig tut,
Mehr Rührigkeit und minder Stummheit
Und just den rechten Redemut.

Mätressen gab es und Spione
Als Rarität ein Paar im Land,
Und für die Zeitung der Barone
Im Tollhaus einen Pränumerant.

Und Freiheit lag und grüner Friede
Und Überfluß und Lebenslust
Wie eine blitzende Ägide
Gar herrlich ob des Reiches Brust.

Die Dichter sangen wie sie wollten,
Der eine hart, der andre weich,
Und keiner ward darum gescholten,
War er nicht einer Schule gleich.

Noch hatt' ich, ganz in Schaun verloren,
Des Besten Laute still gelauscht,
Als plötzlich, dicht vor meinen Ohren,
Ein fremder Klang vernehmlich rauscht.

Ich – wachte auf – .. Wo? – Im Gefängnis,
Vom Klirrn der Kett' an meinem Fuß ...
O unglückseliges Verhängnis!
Daß man auch stets erwachen muß!

Vor meinem Fenster stund das Gitter

So fest wie früher in der Mauer,
Und über mir sang – ohne Zither! –
Ein Strauchdieb seinen Gassenhauer.

Fünfte Station

1.

Wie? Dies das Meer? So friedlich und so glatt?
Nichts weiter, als die blanke Wasserfläche?
So zahm, wie ein politisch' Wochenblatt,
So hell, wie deutsche Philosophen-Bäche?

Wie anders, anders hab' ich mirs geträumt,
Daheim am Ofen, über Büchern brütend;
Ist das ein Meer, das Dämme überschäumt
Und Schiff und Fels verschlingt, gen Himmel wütend?

Fort schlich ich zur Kajütentur hinein
Und setzte mich, wo viele andre saßen;
Wie heimisch dort! Die Männlein tranken Wein,
Indes die Fräulein strickten, gähnten, lasen.

Ich tat wie sie und griff ein Zeitungsblatt
Und käute, was schon Hundert wiederkäuten;
Das will, so seufzt' ich bald und hatt' es satt,
Ein deutsches Meer, ein deutsches Volk bedeuten?

2.

Es stürmt, es stürmt! Hinan den Felsensteig,
Blick in die Nacht, du Lästerer, und neige
Zur Erde dich, vor Freud' und Schrecken bleich, –
Das ist das Meer! Nun sieh und beb' und schweige!

Wie weit wirft es die Wellen-Kronen fort,
Wie rüttelt's an der morschen Felsenkammer!
Es ächzt das Schifflein selbst im sichren Port
Und hält sich fester an des Ankers Klammer.

Ist's eine Woge, die gen Himmel rennt,
Ist's eine Wolke, die zum Meere regnet?
Du weißt es nicht; es haben ungetrennt
Sich Meer und Himmel brüderlich begegnet.

Zermalmt es nicht, entfesselt' Riesenpaar,
Das Kindlein, das in Euren Armen zittert,
Laßt stehn die Hütten, die so manches Jahr
In Eurem Grimme furchtsam sind verwittert!

Der Leuchtturm schwankt, die Glocke dröhnt im Turm,
Die Insel schüttert, – Herr, es geht zu Ende!
Sieh her, mein Volk, das ist Dein Meer im Sturm,
Nun hebe betend die gebundnen Hände!

3.

Noch einen Strahl, eh' in dem Wogenbette
Du deines Tages letzte Glut ertränkst,
Und fern auf andre, glücklichere Städte,
Belebende! dein Himmels-Auge lenkst!
Noch einmal webe um die rote Firne
Des Felsens deinen zauberischen Glast,
Ein Diadem um eines Riesen Stirne,
Das hell der Falten grauen Ernst umfaßt.

Sie winkt, die Sonne, freundliche Gewährung

Und lauscht aus Wolkenschleiern groß hervor;
Es schwimmt das Meer, die Insel in Verklärung,
Der ganze Westen scheint ein flammend Tor.
Aus lauter Strahlen baut sich eine Brücke,
Den Himmel einend mit dem dunklen Strand,
Fort strebt die Welle, strebt zum Land zurücke
Und spinnt so hin und her ihr funkelnd' Band.

Wer wandeln könnte auf dem goldnen Pfade,
Dem Lichte nach, in die Unendlichkeit!
Wen der Delphin hintrüge, die Najade,
Die Wogen auf und ab, wer weiß wie weit?
Dort, wo der Sonne Feuerball sich bettet
In Well', und Wolkenpfühle eingehüllt,
O wer dahin, dahin sich erst gerettet,
Dem Glücklichen wär' Wunsch und Traum erfüllt!

Da fangen Brück' und Band an zu zerrinnen,
Die Bogen lösen sich in Schaum und Duft,
Es dunkelt um des Eilands Felsenzinnen,
Die Nacht bewältigt Meer und Land und Luft.
Fahr wohl, fahr wohl! Noch seh' ich deinen Schimmer,
Den sterbenden, der mir verheißend winkt,
Doch ach! erreichen kann ich dich ja nimmer,
Da mit dir auch der lichte Pfad versinkt.

So steht enttäuscht, die Arme ausgebreitet,
Der Dichter an des Lebens nacktem Strand;
Das luft'ge Bild, das seinem Blick entgleitet,
Vergeblich wähnt er's nah-gerückt, gebannt.
Nach Zielen schwärmt er in der Weihe Stunden,
Zu denen glanzvoll sich ein Weg ihm beut,
Doch mit dem Ziel ist auch der Weg verschwunden,

Wie jene goldne Sonnenbrücke heut'.

Geh heim! Es harret an dem Felsengange
Im letzten Häuschen eine Zelle dein,
Dort wiege bei dem nächtlichen Gesange
Des Winds, der Welle dich getröstet ein.
Und sieh, ist auch die Sonne gleich versunken,
Du bist verlassen, du bist lichtlos nicht, –
Im Osten taucht ja eben, wehmut-trunken
Und mild, empor des Mondes Angesicht.

4.

Auf diesen Felsen möcht' ich Hütten baun,
Ein treuer Gast dem abgeschiednen Eiland,
Nicht um nach Süden, heimatwärts, zu schaun,
So wie gen Ithaka der Dulder weiland,
Nein, um des Festlands dürres Einerlei
Im Meereshauch auf ewig zu vergessen;
Hier weht das Banner Albions, und frei
Hat hier von je ein freies Volk gesessen.

Laßt mich willkomm an Eurem Herde sein,
Als Bürger grüße jeder mich, als Bruder,
Legt in die schwache Rechte mir hinein
Statt eines Wanderstabs ein tüchtig Ruder,
Lehrt auf den Dünen mich den Robbenfang
Und andre Kiel' als Gänsekiele führen;
Müd' war ich's, beim Allmächtigen, schon lang,
Sie täglich sonder Ziel und Rast zu rühren!

Gib mir die Hand, du schönes Fischerkind,

Sei du mein Weib, mein Engel, meine Muse,
Auf daß ich werde, was die Deinen sind,
Ein wackrer Lotsen-Mann in blauer Bluse;
Streich mir die alten Falten von der Stirn
Und die Gedanken-Runzeln aus den Brauen,
Fortan soll nur dein Kuß, du schmucke Dirn',
Und Arbeitsschweiß auf diesen Schläfen tauen.

Hinein ins Bad! des Staubes letzten Rest,
Daß ihn hinweg der Schaum der Welle spüle!
Wie dehnt die Brust, so enge, so gepreßt,
Sich selig aus in dieses Morgens Kühle!
Den alten Adam tauch' ich opfernd ein,
Du, weihe, Meer, mich selbst zum neuen Lose,
Laß mich gesund und dein auf ewig sein,
Wenn ich entsteige deinem Mutterschoße!

5.

Umsonst! Es nimmt das reine Element
Den Leib nicht auf, der sich mit Schuld beladen,
Das Mal, das mir auf Stirn und Achseln brennt,
Wäscht keine ab der kosenden Najaden.

Zu ihrem Sklaven prägte mich die Welt,
Ich naschte von der Frucht der Hesperiden,
Nun scheucht mich's fort, wo's eben noch mich hält,
Selbst Meer und Eiland geben keinen Frieden.

Gern hätt' ich meinen Stab hier eingepflanzt,
Zu sehen, ob der dürre grünt' und trüge,
Im roten Wasser lustig mitgetanzt

Und mich zur Ruh' gesetzt und zur Genüge.

Es soll nicht sein, die Welle stößt mich aus,
Der Felsen will den Gleitenden nicht tragen, –
So leb denn wohl, du räuchrig Fischerhaus,
Das mich geborgen hat in stillen Tagen!

Leb wohl, der Helga grün-rot-weißes Land,
Gott schütze dich, und englische Gesetze!
Daß nie der Seehund mangle deinem Strand,
Nie Schell- und Stockfisch deiner Söhne Netze!

Reich mir noch eins den Mund zum Kusse her,
Schön-Ännchen, morgen küßt er andre Jungen;
Dann denk an mich, wenn nicht das weite Meer,
Das rächende, zur Heimkehr mich verschlungen!

6.

O Meer, o heil'ges Meer! Nach deiner Frische,
Nach deinem Frieden lechzet meine Seele:
So schreit um Wasser durch die Nacht der Büsche
Der Hindin trockne, todes-wunde Kehle.

Mich widert's an, der Täler und der Berge
Abwechselnd' Spiel und ew'ge Einerleiheit!
Wer rettet mich aus diesem Bann der Zwerge
In dein Asyl, du Element der Freiheit?

Wo aus der Brandung jauchzendem Gebrülle
Allnächtlich ihre Hymnen aufwärts fliegen,
Wo einst, des Zwanges ledig und der Hülle,

Die Schönheit selber nackt emporgestiegen!

Was ist das Land und seine kurzen Lenze,
Die Wind und Frost in einer Nacht verjagen,
Was Nachtigallen, die um welke Kränze
Und um mißwachsne Blumen einsam klagen?

Auch du trägst Blüten, blendender als diese,
Die schaumgekrönten Wipfel deiner Wogen,
Im Sonnenlicht grünt ewig deine Wiese,
Begrenzt nur von des Himmels blauem Bogen.

Dir reißt den Schoß, den heiligen der Mutter,
Kein Eisen auf, habgierig drin zu wühlen,
Für irdisch Rindvieh bietest du kein Futter
Und darfst der Sohle eklen Tritt nicht fühlen.

Dich hemmt des Eises Joch nicht und der Brücken,
Der Dämme lachst du, will dein Zorn erwachen,
Doch schaukelst du auf deinem freien Rücken
Den freien Mann im kecken Schiffer-Nachen.

O Meer, o Meer! durch deiner Blüten Mitte
An grünen Hügeln jach emporzuklimmen,
Im Arm und Kuß der weichen Amphitrite
Den hüpfenden Delphinen nachzuschwimmen,

Weil unten aus dem Abgrunds klarem Düster
Des Ew'gen Auge auf uns starrt und leuchtet,
Und zügelloser Wellenrosse Nüster
Mit weißem Schaum uns Haupt und Nacken feuchtet:

Das nenn' ich Lust und Kampf und Sieg und Leben,

Das gute Rast, wann spät im Abenddunkeln
Die Segel hochgebläht zum Hafen schweben,
Die Ruder all', umsprüht von hellem Funkeln.

Meer, heil'ges Meer! Dir send' ich diese Grüße,
Um dich, verlornes, klagen diese Lieder;
Nur einmal noch, bevor ich scheiden müsse,
Zeig Gottes Spiegel mir, dein Antlitz, wieder!

7.

Es irrt, vom Meeresstrand verschlagen,
Die Möw' im Walde hin und her;
Die Flügel, ängstlich flatternd, tragen
Die arme Wandernde nicht mehr.

Was zogst du auch vom freien Strande,
Aus deiner Klippen sicrer Bucht,
Hierher in enge Binnenlande,
In dieser Tannen niedre Zucht?
Du findest deinen Weg nicht wieder
Getäuschte, in dein Küstenland,
Und deines Heimwehs schrille Lieder
Verhallen ungehört im Sand.

Dort, wo im Nest die Turteltaube
Mitleidig dir entgegengirrt,
Dort such dir unter falbem Laube
Ein Grab, das deine Freistatt wird.

Sechste Station

1.

Nach Mekka zieht der Araber auf stolperndem Kamele,
Und so der Dichter nach Berlin auf holperndem Ghasele.
Berlin ist Deutschlands Orient, und wenn ihm Palmen mangeln,
So sagt doch niemand in der Welt, daß Sand und Staub ihm fehle;
Berlin ist Deutschlands Minarett, und statt der Muezzin schreien
Sich tausend Journalisten wund die wohl-geschmierte Kehle.
Dann sinken im Gebete hin die Gläubigen und Frommen,
Ein Pietisten-Derwisch tanzt, kasteiend Leib und Seele;
Im Fusel-Opium berauscht sich offen auf der Gasse
Herr Nante mit dem ganzen Schwarm, der immer kreuzfidele.
Verschnittne schleichen auch umher, triefäugige Eunuchen,
Und suchen, wo noch Männer sind, nach Hader und Krakeele.
Und daß das Gleichnis fertig sei, befiehlt zuletzt der Mufti:
Ich will an meinem Throne sehn die deutschen Prachtjuwele;
Es werde Frühling in der Mark, und eilig laßt mir kommen
Herrn Bülbül-Rückert, Wohlgeborn, des Ostens Philomele!

2.

Frei ist die Kunst, allein, fürwahr! nicht frei wie ein Nomadenzelt,
Das man vom Isarstrande flugs hier an der Spree Gestaden stellt;
Sie schießt, ein stolzes Prachtgewächs, aus jeder Scholle nicht hervor
Und ist so gut wie Königtum eine Von-Gottes-Gnaden-Welt.
Soldaten lassen sich zur Not erziehen und Geheime Rät',
Wenn nur die rechte Meisterhand den goldnen Puppenfaden hält.
Doch Dichter wuchern nicht empor, wo man verlegnen Samen streut,
Zumal wenn er in Sand herab und steinig-harten Pfaden fällt;

Und Maler lieben nicht zu gehn, wo ihnen rings auf jedem Schritt
Ein kritisch-lautes Köterlein heimtückisch um die Waden bellt;
Und Philosophen denken nicht, wenn das profane Marktgeschrei
Alltäglich um ihr stilles Haus und die verschloßnen Laden gellt;
Spielleute endlich schweigen bald, wenn Pöbelwahn und Frömmelei
Auf ihre liederreiche Brust schwer wie ein gift'ger Schwaden fällt.
Nein, Rüben und Kadetten zieht, Kartoffeln und Magister groß,
Daß schadlos solche Ernte Euch für Eurer Künste Schaden hält!

3.

Ihr habt gepredigt, nun ein Jahr, die neue, treue, freie Zeit;
Wann wird die Mär denn endlich wahr, die neue, treue, freie Zeit?
Der Becker hat und die Geselln geknetet und geheizt genug,
Und immer ist das Brot nicht gar, die neue, treue, freie Zeit.
Ihr saßt schon lange auf dem Ei und gackertet in alle Welt,
Allein noch kroch nicht aus der Aar, die neue, treue, freie Zeit.
Ein stolzes Wort habt Ihr gewagt, nun eilt, daß es zu Ende kommt,
Und macht uns andern offenbar die neue, treue, freie Zeit.
Von ferne klang es – ha, wie schön! – von deutscher Völker Einigkeit,
Man sah sie schon ganz nah und klar, die neue, treue, freie Zeit;
Hoch schwebte sie am Krönungsfest ob Euerer entzückten Stadt
Und trat zum Huldigungsaltar, die neue, treue, freie Zeit,
Sie streifte im Vorüberwehn selbst mit des Fittigs goldnem Saum
Den König und der Nächsten Schar, die neue, treue, freie Zeit;
Doch als nun eine kecke Faust besitzes-froh ergreifen wollt',
Wie die Gelegenheit beim Haar, die neue, treue, freie Zeit,
Da flatterte sie scheu hinweg, und drohend hieß es: Sachte, Freund,
Sonst bringt sie dich noch in Gefahr, die neue, treue, freie Zeit.
Ihr schwieget – und wir – mäuschenstill, und nur zuweilen flistert's
noch:
Sie macht sich doch auch gar zu rar, die neue, treue, freie Zeit!

90

4.

????

Du weißt, was das bedeuten will? Du wirst sie mir nicht streichen?
Es sind ja nur unschuldige – vier kleine Fragezeichen.
Die wurzeln tief, die ragen hoch; wie die gerühmten Eichen
Des freien deutschen Volkes stehn vier kleine Fragezeichen.
Du wolltest sie zwar nimmer sehn in deinen weiten Reichen,
Doch drängen sie sich immer auf, vier kleine Fragezeichen.
Wer wird denn so erschrocken sein und scheu vom Wege weichen,
Wenn einem nichts begegnet als vier kleine Fragezeichen?
Gekrümmt, gebeugt erscheinen sie, Hofräten zu vergleichen,
Im Säcklein eine Handsupplik, vier kleine Fragezeichen;
Du wiesest sie hinweg von dir, nun schlüpfen sie und schleichen
Umher im Volk und murmeln leis, vier kleine Fragezeichen.
Zwar was sie wollen werden sie wohl nimmermehr erreichen,
Allein sie bleiben, was sie sind, vier kleine Fragezeichen.
Und einst, wann sie gestorben sind, erscheinen sie als Leichen
Dir nachts im Traum und ärgern dich, vier kleine Fragezeichen,
Und einst, wann – du gestorben bist, als Stempel dann und Aichen
Stehn groß an deinem Monument – vier kleine Fragezeichen.

5.

Zu guter Letzt ein klein Ghasel – darf das ein wenig spitzig sein? –
Ein König, spricht's bescheiden aus, ein König soll nicht witzig sein;
Das Wortspiel und den Calembourg lass er den Journalisten,
Das Fluchen seinen Fähnderichs: ein König soll nicht hitzig sein.
Auch sorg er, wie ein Schuldespot, sich nicht um Jüden-Namen,
Wer wird denn grausam gegen Schmul und strenge gegen Itzig sein?
Ein König sei Original und stehe auf sich selber:

Er wolle nicht in jedem Ding – hier schweigt es – alten-fritzig sein!

6.

Du Stadt der Bildung und des Tees, der Künste und der Nücken,
Leb wohl, der Dichter weist enttäuscht auf ewig dir den Rücken!
Kalt dünkt' es ihm, so lang er saß in deinen stolzen Mauern,
Und niemals wollt ihm drin ein Lied, ein heimatliches, glücken.
Für schweres Gold erkauft' er sich nur federleichte Liebe
Und konnte keine Männerhand warm und vertrauend drücken.
In deinen Linden wohnt kein Lenz, kein Herz in den Palästen,
Und sollten sie durch Pracht und Glanz den Blinden selbst entzücken;
Auf deinen Straßen hüpft geschminkt die Armut und die Lüge,
Verleumdung schlägt und Heuchelei dem Laster goldne Brücken,
Und wenn die Frömmler vor dem Kreuz sich tief und süßlich bücken,
So wissen sie doch tiefer noch vor Kreuzen sich zu bücken,
Dein König räumt und baut in dir, er schafft mit Allmachts-Händen
Nichts mehr als ein musivisch Werk aus hundert-tausend Stücken,
Die Dichter ruft er fern und nah, die Maler und die Sänger
Und stopft mit großen Namen aus der großen Männer Lücken.
Die Namen tun es freilich nicht, und sein sie europäisch,
Sie können nur als Säulenzier des Tempels Neubau schmücken;
Doch nur der Jugend tapfre Hand, nur frischer Geister Streben
Kann von dem Baum der Gegenwart lebend'ge Früchte pflücken.
Leicht welkt der beste Lorbeerkranz auf alters-kahler Scheitel,
Und ein Genie geht auch nicht weit auf Stelzen oder Krücken.
Ihr schreit genug, Ihr schreibt genug, Ihr seht durch Eure Brillen
Im Kater einen Löwen gleich und Adler in den Mücken;
Wir aber, hinterm Berge hier, wir lassen uns nicht blenden,
Wir wissen auch, was rechtes Haar, was Zöpfe und Perücken.
Das sag' ich Euch in vieler Sinn, und sollt' es Euch verletzen,
So mögt Ihr Euch am rechten Fleck ganz ungehindert jücken.

Und wär' ich schlechten Reimen hold, ich wüßte wohl noch manches,
Das trefflich paßt auf Euren Stolz, auf Eure alten Tücken:
Ihr wißt doch, was »ersticken« heißt, was »zwicken«, »flicken«,
»knicken«,
Was geistige »Fabriken« sind und stille »Katholiken«, –?
Allein ich hab' es selber satt und weise, mit Behagen,
Du eitle, kalte, falsche Stadt auf ewig dir den Rücken! –

Grenzphantasie

– N.N.N.N. –

Nunquam retrorsum!

Bis hierher und nicht weiter! Hier die Grenzen, –
Betrachte diesen Pfeiler, dieses Schild!
Siehst du, in Schwarz und Gold gemalt, es glänzen
Des Doppeladlers dräuendes Gebild?
Hier gilt's zu scheiden von der Heimat Lenzen,
Von deines Südens blühendem Gefild, –
Kehr um, wenn dir das Leben lieb geworden,
Denn hier beginnt die Not, die Nacht, der Norden.

Das ist kein Adler, wie die Adler alle:
Dem Licht zuwider geht sein schwerer Flug,
Von Raub und Blut trieft die gewetzte Kralle,
Die schon so manches Wild daniederschlug,
Die jüngst den Nachbar-Aar gebracht zu Falle,
Den weißen, der Polonia's Banner trug ...
Ihn sahn wir sinken, sahn den andern steigen
Und taten, – was wir immer müssen: – schweigen!

Ob er mit seinen breiten Rabenschwingen
Der Sonne Strahl den heitren Durchgang wehrt,
Ob er, gewöhnt zu siegen und zu zwingen,
Mit jedem Tag die Kraft der Fänge mehrt,
Was kümmert's uns, die wir vor andren Dingen
Uns fürchten, westlich stets den Blick gekehrt?
Wir fühlen nicht, bis uns im eignen Nacken
Die Klaun des Unersättlichen erst packen.

Ein Schritt nur, und ich stünd' in seinem Reiche,
Da drüben grünt, wie hier, dasselbe Gras.
Und doch, wo in der Welt wär' eine gleiche
Titanenkluft, so sonder End' und Maß?
Diesseits Europa, das gedankenbleiche,
Jenseits die neue Jugend Asias,
Hier die Kultur, die satte, dort die rohe,
Die ungeübte Kraft, die tatenfrohe!

Was frommt's, daß auf geduldigem Papiere
Ihr für die Euren fügsam sie erkannt?
Es hat Natur dem Menschen wie dem Tiere
Den Stempel unauslöschlich aufgebrannt,
Behaltet Euer Teil, und sie das Ihre,
Nur sagt nicht, daß Ihr Zwei aus einem Land;
Viel fester stehn als auf gemalten Karten
Im Geist der Völker ihrer Grenze Warten.

Seid ihr verwandt mit Finnen und Kalmücken,
Mit Slawen, die einst Rurik hergeführt?
Wollt Ihr die Hand dem Samojeden drücken,
Der auf dem Schnee nach Bär und Elen spürt,
Und dem Mongolen, dessen Sklaven-Rücken
Alltäglich noch des Zuchtherrn Knute rührt?

Und wollt Ihr flehn, wie sie seit tausend Jahren:
Erst betet Gott an und darauf den Zaren!?

Natur hat selbst den Unterschied gerissen,
Ihn gleicht die Kunst nicht aus, nicht Zeit und Macht.
Dort liegt sie mondenlang in Finsternissen
Des Winters, eh einmal ihr Auge lacht,
Kaum schmilzt das Eis von den gefangnen Flüssen,
Kaum dämmert's in Sibiriens Bergwerks-Nacht,
Ein Todeshauch, wie aus des Nordpols Gegend,
Durchfröstelt alles Land, Schauer-erregend.

Ihr meint, der Nord kann Euer Feld nicht streifen,
Die Nacht nicht Euren Himmel überziehn?
Kurzsichtige! Wenn sie zum Schwerte greifen,
Wohin nur vor der Macht der Masse fliehn?
Schon seh' ich sie durch Eure Städte schweifen,
Wie einst als Freunde, plündernd her und hin, –
Denn Stillstand ist bei Riesenleibern nimmer,
Bewegung heischt die Selbsterhaltung immer.

Wohlan! Ich schleudre ahnend meine Lanze,
Den Liederpfeil, hinüber in dein Reich;
Rück an und fordre uns zum Waffentanze,
Zum Völkerkampf, zum Einzel-Schwerterstreich!
Wir schmücken unser Haar mit grünem Kranze,
Die Brust mit einem muntren Eichenzweig,
Den Spartern ähnlich, die vor Hellas Toren
Ihr Leben im Barbarenkrieg verloren.

Los auf und lasse deine Neu-Barbaren,
Den Strom, den nur mit Müh' ein Damm gehemmt,
Ansprengen, heiß den flüchtigen Tataren

Und den Kausasier, auf's Kamel gestemmt,
Und den Kosacken, welcher raub-erfahren,
Im Don sein Roß, sich selber niemals schwemmt,
Und die von ihres Irtisch öden Steppen
Auf Schlitten mühsam sich zusammenschleppen.

Das balle, dein Geschütz und deine Horden
Und dein Getier, in einen wüsten Knäul,
Und schleudre, einen Blitz aus hohem Norden,
Vernichtend auf uns nieder deinen Gräul.
Geschehe, was da muß! Erfüllt ist worden
Die Zeit! So klagt Kassandra's Wehgeheul,
Und ächzend unter deiner Schlaglawine
Wird Deutschland eine warnende Ruine!

Siebente Station

1.

Vom Wiener Wald der letzte Rest,
Wer will ihn sehn verdorren?
Ist sonst ein rechter Baum gewest,
Ist jetzt ein schlechter Knorren.
Es heißt: ein kluger Schlossersmann,
Um seine Kunst zu weisen,
Der schweißte in die Wand ihn an
Und hing ein Zauberschlößlein dran,
Das ist der Stock im Eisen!

Du Wiener Wald, du grüner Wald,
Wie bist du schlimm behandelt,
Aus freiem Waidmanns-Aufenthalt
Zum Tandlermarkt verwandelt!
In deinem Laub spazieren ging
Die Hirschkuh mit den Geißen,
Jetzt steht von dir in Schloß und Ring
Nur noch ein zwerghaft Krüppel-Ding,
Das ist der Stock im Eisen!

Und wer vom Handwerk lobesam
Als wackrer Schmied-Geselle
Zur Kaiserstadt gezogen kam,
Besieht sich diese Stelle;
Er dreht am Schloß wohl hin und her,
Versucht's auf alle Weisen,
Doch öffnen kann er's nimmermehr,
Ja, murrt er, das ist halt zu schwer,

Das ist der Stock im Eisen!

Darauf in den gefeiten Baum
Schlägt er als Gilde-Zeichen
Ein Näglein ein, wo just noch Raum
Vor Näglein seines Gleichen.
Ei, seht, der ist mir zugedeckt,
Kaum noch ein Baum zu heißen!
Und oben, links am Stamme, steckt
Das Schlößlein, das sie alle neckt,
Das ist der Stock im Eisen!

Und doch, Herr Meister, hüte dich!
Wenn nun die Burschen kämen
Und flugs statt Zang' und Dieterich
Die – Schmiedehämmer nähmen!?
Was nicht mit Kunst zu öffnen ist
Läßt sich vielleicht – zerreißen, –
Und herrlich, wenn zu bessrer Frist
Neu-grünend in die Höhe schießt
Der alte Stock im Eisen!

2. Für Anastasius Grün

– Auf dem Kalenberge, Juli 1841. –

Wo Du einst, im Arm die Harfe, gingest Deine Dichterpfade,
Durch die Kaiserstadt und längs der Donau lustigem Gestade,
Bin ich jüngst Dir nachgeschritten, treulich und mit frommem Fuß,
Dich im Munde, Dich im Herzen, edler Anastasius!

War mir doch, als ob die Welle grüßend Deinen Namen rauschte,

Ob Dein Auge, groß und feurig, aus dem Grün der Reben lauschte,
Um den Kalenberg ergoß sich und den Felsen Leopold
Deiner Dichtung lichter Nimbus und der Abendsonne Gold.

Ja, es waren diese Bäume, die um Deine Stirn gesäuselt,
Hier am Söller hat der Nachtwind Deine Locken kühl durchkräuselt,
Dort hast Du geruht im Grase, ewiger Gedanken voll,
Als das hohe Lied vom Frühling glühend Deiner Brust entquoll.

Aber, Wunder! wo Du gingest, über Dornen und Gebeine,
Keimten unter Deinen Schritten Blumen aus dem dürren Steine,
Und Dein Blut, die Spur des Weges, das auf leere Blätter floß,
Sieh, wie es in rote Rosen überall befruchtend sproß!

Das ist wahrer Dichtersegen: auch den Schutt in Brot verwandeln,
Brunnen zaubern aus dem Felsen, und, wo andre reimen, handeln;
Ein Poet in Werk und Worten tatest Du wie keiner tat,
Dafür reift auch rings im Lande tausendfältig Deine Saat!

Und daß unter Korn und Blumen auch die Schlange Dir nicht fehle,
Zischt nun heimlich die Verleumdung um die offne Dichterseele,
Der Verdacht mit Lauerblicken schleicht er um Dein sichres Haus,
Und weil Du in Liebe schlummerst, schreit er Dich für – scheintot
aus.

Tritt ihn nieder, letzter Ritter, diesen schadenfrohen Drachen,
Komm, daß wir die elke Lüge durch ein Lied zu Schande machen,
Sag es, daß Du nimmer treulos uns und Dir gewesen bist,
Daß Dein Dichterschild so rein noch, wie Dein Grafenwappen ist!

O sie will es nie begreifen, ihre Prosa und Gemeinheit,
Daß ein Geist wie Du, ein Name bürgt für der Gesinnung Reinheit,
Nur das Schlechte glaubt sie willig, und wo wer zu wanken droht,

Zerrt sie ihn mit frechem Jubel zu sich nieder in den Kot.

Du erliege nicht und weiche ihren Stein- und Hagel-Würfen,
Wisse, daß Dir alle trauen, die sich selbst noch trauen dürfen.
Aber weh, wenn erst der Dichter an dem Dichter zweifeln muß ––
Ach, nur das nicht auf uns alle, das nicht, Anastasius!

Schön auf Deiner Väter Schlosse mag sich's rasten, träumen, lieben,
Doch wann sind die Adler jemals lang' auf ihrem Horst geblieben?
Nicht der Muße kann gehören, wer der Muse angehört,
Und schon Schweigen ist Verbrechen, wenn zum Reden sie beschwört.

Steig herab von Deinen Alpen, laß die Almen und die Tale,
Statt auf Deiner Hirten Flöte horch auf unsre Hornsignale,
Reiß Dich aus dem Schoß Armidas, säumender Rinaldo, los –
Glücklich kannst Du nicht mehr werden, warum warst Du einmal
groß?

3. An Nikolaus Lenau

– Geschrieben zu Ischl, Juli 1841. –

Du bist es, Schwan der Magyaren,
Du mit der liederreichen Kehle?
Mann, schwarz von Augen, schwarz von Haaren,
Schwarz in der schmerzenreichen Seele?
Ja, das sind die Mephisto-Falten,
Die auf der Stirn zusamenlaufen,
Aus diesen Blicken flammt verhalten
Savonarolas Scheiterhaufen!

Und darum bist Du fortgeschwommen

100

Durch der Atlantis blaue Wogen,
Darum verwundet heimgekommen,
Wohin Dein Herz Dich heiß gezogen,
Daß hier im stillen Alpentale
Dein volles Leben sich verblute
Und – kaum geküßt vom Sonnenstrahle,
Hinab ins Meer des Todes flute?

Was willst Du in den engen Bergen,
Auf diesen Seen voll Grabesfrieden,
Genüber jenen Menschen-Zwergen,
Von Deines Gleichen abgeschieden?
Du selbst ein Gletscher, ragest mächtig
Doch kalt und einsam in die Höh'
Und spiegelst Dich mild und bedächtig
In Deiner Lieder grünem See.

Komm, flieh ein Land, wo sich die Dichter
Verleugnen müssen und verstecken,
Wo Mönchsgezücht und Hofgelichter
Den Staub an Kreuz und Szepter lecken,
Wo nur die sinnliche Begierde
Nach neuen Opfern täglich schmachtet,
Und was sonst gilt als Volkes Zierde
Zertreten wird und roh verachtet.

Die Seele gib, die zweifel-kranke,
Nur preis den Strömungen des Lebens!
Erhellen wird sich Dein Gedanke
Im Spiegel des verwandten Strebens,
Du wirst nicht säen bloß, auch ernten,
Dein Ruhm tritt für die Heimat ein,
Und die Dir jetzo die Entfernten,

Sie werden Deine Nächsten sein!

Schüttle den Staub von Deinen Schwingen
Und eil dem Bann Dich zu entraffen,
Du sollst uns noch was anders singen
Als immer Faust und Papst und Pfaffen!
Steig mit den Lerchen, mit den Aaren,
Was schert der Kauz Dich und die Eule?
Stirb nicht, Du Schwan der Magyaren,
Als Heiliger auf einer Säule!

4. Abschied von Wien

Wie bleich, wie hold, wie schmachtend hingegossen
Sie daliegt, die gefährliche Sirene,
Die dunklen Augen träumerisch geschlossen,
Das Haupt geneigt an ihrer Berge Lehne!
Es geht ein süßes, winkendes Erwarten
Wie Nachtigallen-Locken durch die Flur,
Die Brunnen murmeln heimlich in den Garten,
Die Zweige lallen: Komm, o komm doch nur!

Entschlafen sind Sankt Stephans Wächtersorgen,
Verstummt die Mahnungen des treuen Flusses;
Wie fern der nüchterne, der strenge Morgen,
Wie lang die Nacht entfesselten Genusses!
Nun hat sie abgestreift die letzte Hülle,
Den grünen Gürtel der Glacis gelöst,
Frei glänzt und nackt der Schultern Marmorfülle
Und Arm und Busen jedem Wunsch entblößt.

Sieh, durch verhangne Fenster schimmert lüstern

Der Mond, im Laube rauscht's wie Regentropfen,
Verbotne Schritte rascheln, Küsse flüstern,
Und Herz am Herzen hört sich glühend klopfen!
Ein Meer von Liebe schlägt in heißen Wogen
Hoch über dem entzückten Tale hin,
Zum Vorhang wandelt sich des Himmels Bogen,
Ganz Wien in eine Venus-Priesterin!

Buhldirne Du, die hinter der Gardine
Allnächtlich ihre Phallos-Feste feiert,
Und morgens früh mit Magdalenen-Miene
Im Beichtstuhl heuchelnd ihr »Absolve« leiert;
Kannst Du mit Wollust nur ein Leben würzen,
Dem jede geist'ge Kraft und Weihe fehlt,
Und nur in des Genusses Abgrund stürzen,
Von keinem heiligeren Drang beseelt?

Ja, Du bist schön in Deinem Rosenkranze,
Die Blüte der Verheißung auf den Wangen,
Wenn Du vorüberfliegst im wilden Tanze,
Begehrlich von der Männer Brunst umfangen!
In Deinem Schoß sich welt-vergessen wiegen,
Versinken gehn in weicher Arme Bucht,
Und Deinem Zauber taumelgleich erliegen, –
Wohl ist's ein Ziel, das Götter selbst versucht.

Ich fliehe, Weib, um nicht vor Dir zu knien,
Auch einer von den Proselyten-Scharen;
Du wirst mich nicht auf Deinen Purpur ziehen,
Weib Potiphars, – laß meinen Mantel fahren!
Vor meinen Blicken schwebt in keuschem Lichte
Ein andres Bild, das meiner Seelen-Braut,
Der hab' ich mich im Leben, im Gedichte

Mit deutschem Wort auf ewig angetraut.

Ihr Aug' ist schön, ob minder schön, als Deines,
Es strahlt nur Frieden, Deines flammt Entzücken,
Dein Kuß ist Glut, der ihre nur ein reines,
Ein hauchendes und flüchtiges Beglücken;
Du neigst Dich ganz in duldender Gewährung
Und ziehst die Deinen stark hinab zu Dir,
Sie schwingt sich stets in züchtiger Verklärung,
Lächelnd und wehrend, aus den Armen mir.

Ihr Kummer furchte nimmer Deine Stirne,
Doch schwellt ihr Stolz auch nimmer Deine Adern,
Du ahnst die Lust nicht, heitre Schmeicheldirne,
Mit Sklaven und Tyrannen kühn zu hadern;
Ein Kind der Glücklichen, hast Du mit Armen
Und mit Gefangnen nimmermehr geweint,
Hast nie des Himmels Frieden voll Erbarmen
Mit unsrer dunklen Erde Kampf vereint.

Geh und berausch, betäube Dich auf's neue,
Versuch's, die rasche Stunde festzuhalten;
An Deinem Antlitz nagt doch stille Reue,
Und Überdruß zerreißt's mit grauen Falten.
Um eine Nacht, dann welken Rosen-Kränze,
Und Deiner Reize blühend' Reich zerfällt,
Der Lorbeer aber grünt im ewgen Lenze,
Und ihr, der andren ist die junge Welt.

Du kennst sie nicht, Du wirst sie niemals kennen,
Ihr zwei könnt nirgends mit einandergehen,
Und wollt' ich Dir den teuren Namen nennen,
Dir ist er tot, Dir schwerlich zu verstehen.

Fühlst Du's, so schlag beschämt die Wimper nieder,
Denn eben weht ihr Gruß von Osten her;
Der Tag bricht an – Gottlob! Ich hab' mich wieder:
Die Lieb ist viel, doch ist die Freiheit mehr!

Empfindsame Reisen

1.

Es schauert durch die Luft ein Klang,
Der hallt im Tiefsten nach;
Ob eine Äolsharfe sprang,
Ob wo ein Glöcklein brach?

Hoch um die Alpenhörner fliegt
Ein goldner Wolkentraum,
Und auf des Sees Wellen wiegt
Sich weißer Segel Saum.

O wüßt' ich nur, wie mir zu Mut! ...
Zerfließen möcht ich ganz,
Vergehn im jener Berge Glut,
In Abend-Duft und Glanz!

Die Arme breit ich weinend aus
Ins Tal und zu dem Wald:
Ach! eine Hand – ein Herz – ein Haus! –
Umsonst ... der Klang verhallt.

2.

Wir saßen im Wagen zu Drei oder Vier,
Ein verschleiertes Weib gegenüber mir.

Der Mond schien hell zum Fenster herein
Und floß um ihr Haupt wie Heiligenschein.

Es war so heimlich drinnen, so traut,
Ringsum in der Nacht kein Licht, kein Laut.

Nur die Räder knarrten in sandigem Gleis,
Und die ledernen Polster seufzten leis.

Wer bist du, fremdes, liebes Gesicht
Mit dn dunkelen Augen im Mondenlicht?

O halte die Blicke nicht abgewandt,
Du bist einsam wie ich, komm, reich mir die Hand!

Und lehn an meine Schulter Dich an,
Wenn die müde Stirn nicht mehr wachen kann!

Ich hörte sie atmen, ruhig-tief,
Der Busen wogte, – das Mädchen schlief ...

Ein Stunde, so hielt der Wagen an,
Am Schlage harrte ein großer Mann.

Das Posthorn klang, das Mädchen erwacht, –
Ein Grüßen, ein Küssen scholl durch die Nacht.

Sie hatten sich wieder, ein liebend Paar,
Sie herzten sich, daß ein Freude war.

Der Schleier entfiel, das Mondlicht
Beleuchtete hell ein Engels-Gesicht.

Ich sah es von fern, mein Herz war voll,
Eine Träne heiß aus der Wimper quoll.

Und als der Wagen von dannen flog,
Da stunden umschlungen die Beiden noch.

Ich fuhr allein hinaus in die Nacht, – –
Ach Gott! wär sie nimmer, nimmer erwacht!

3.

So ströme denn in vollem Maß
Hernieder, du Maienregen,
Ersehntes, köstliches, tröstliches Naß,
Befruchtender Erden-Segen!

Lang konnte der Himmel bang und schwer
Die lindernde Träne nicht finden,
Seine Wimper, die Wolken, drückten sehr
Und zuckten, gejagt von den Winden

Ihm lag es wie vergangene Lust,
Wie Ahnung künftiger Schmerzen,
Bergeschwer auf der schwülen Brust,
Auf dem bebenden Götter-Herzen.

Nun brechen und gießen allzumal
Die Schleusen, die Ströme, die Quellen;
Durch zerrissene Schleier blinkt ein Strahl,
Das neue Blau zu erhellen.

. . . .

Wann hast Du zuletzt Dich ausgeweint,
Mein Herz, in Klang und Klage,
Und wann, mein armes Herz, erscheint
Dein Neulicht fröhlicher Tage?!

4.

Es war ein Sonntag-Morgen im Mai,
Daß ich am Pilatus fuhr vorbei.

Ein Freund saß neben mir im Kahn,
Wir sahen uns Wasser und Felsen an.

Der See lag glatt wie ein Spiegel da,
Kein Segel, kein Ruder fern und nah.

Um die Alpen flogen ungestalt
Nebel und Wolken, zu Klumpen geballt;

Nur wenn das Sonnenlicht sie brach,
Zerrissen die Schatten allgemach.

Auf einmal flammten Zinken und Höhn
In heller Verklärung wunderschön.

Ich jubelte: Trifft erst die Spitzen ein Strahl,
So fällt auch bald der Nebel im Tal.

Mein Freund schwieg still und nickte für sich,
Nach kurzer Weile ergriff er mich

Und wies auf die Felsen und wies ins Tal, –

Das war eine Nacht, ein Nebel zumal.

Im See und am Himmel kein bißchen Blau,
Nichts Grünes am Ufer! – Nur Grau in Grau!

Wir drückten uns stark und stumm die Hand,
Wir dachten – an unser Vaterland.

5.

Über fremde Gräber und Leichensteine
Schreit ich allein im Abendscheine.
Hab ich die Schläfer drunten gestört?
Haben sie mein fragend' Wort gehört?

Mir ist, als könnt ich in süßem Grauen
Durch Schollen und Särge hinunterschauen
Mitten hinein in die stille Stadt,
Wo alles Reisen sein Ende hat.

Wie vieles Leid, wie viele Trauer
Innerhalb jener engen Mauer!
Hinter der eisernen Gittertür
Wie manche Gebete, Gelübd' und Schwür!

Ach! der menschlichen Liebe ist nirgends so viele,
Als hier am letzten Wanderziele;
Ihre Rosen und Dornen streuet sie mild
Über das tränenreiche Gefild.

Nur nicht ohne Liebe allein verderben,
Nur nicht in der Fremde siechen und sterben,

Von Mietlingshand gehegt und gepflegt,
Mit offenem Aug in den Sarg gelegt!

Und sollt ich sie lebend nicht wiedersehen,
Die Heimat, so möcht ich drin sterben gehen
Und ruhen bei meinem Mütterlein, –
Nur nicht in der Fremde, nur nicht allein!

6.

Die Blätter rieseln von den Bäumen,
Durch kahle Stoppeln bläst der Wind,
Wie lange noch willst du dich säumen
Auf deinen Fahrten, armes Kind?

Von Tal bist du zu Tal gegangen,
In jede Hütte lugtest du,
Was mit dir ging, war dein Verlangen,
Was nirgends weilte, deine Ruh.

Und sahst du neue Berge blauen,
Ob noch so fern, ob noch so hoch,
Du mußtest doch hinüberschauen,
Du dachtest: Drüben find ich's noch!

Verloren hast du schöne Jahre,
Vergeudet manchen schönren Traum,
Von deinem Haupte falln die Haare,
So wie die Blätter dort vom Baum.

Durch deine Seele kalt und schneidend
Weht der Erfahrung böser Ost,

Die letzte Hoffnung krümmt sich leidend
Und schauernd vor dem Winterfrost.

Die Störche ziehen froh von hinnen,
Du weißt noch nicht, wohin du gehst;
Mit ihnen kannst du nicht entrinnen,
So falle nieder, wo du stehst.

Wärm dich an fremder Menschen Herde,
Denn einen eignen hast du nicht,
Und träume eine Heimats-Erde,
Wo man in fremden Zungen spricht.

Gleichgiltig drück dich in die Ecke
Und stimm in ihren Alltags-Scherz,
Und der Entsagung Leichendecke
Zieh fester um dein starres Herz.

Du hast's gewollt! Du darfst nicht grollen,
Und wenn du noch so elend bist;
Denn ach! du hättest ahnen sollen,
Daß es nicht ewig Frühling ist.

Letzte Liebe

Quien no ama, no vive.

1.

Die Sonne sinkt. Ein brechend Mutter-Auge
Hängt sie noch einmal auf der stillen Erde
Und zittert in des Sees durchglühten Wogen.
Ja, dräng Dich an sie, Welten-Kind, und sauge
Den Segen auf, eh er verdunkelt werde,
Und eh an dem erstarrten Himmelsbogen
Die Nacht kommt aufgezogen.
Auch meine Sonn, ich fühl es, neigt zum Ende;
So möge Dich ihr letzter Strahl verklären!
Ob ich die Kraft, die schwindende, verschwende,
Was tuts? Sie kann ja doch nicht ewig währen.
Ein Bild noch – Deins! – will ich in Glorie fassen
Und lächelnd als Vermächtnis hinterlassen.

2.

Daß ich Dich fand, bevor ich heimgegangen,
Ich weiß nicht, soll mich's freuen oder schmerzen,
Und soll ich weilen bei der oder fliehen?
Fertig mit jedem liebenden Verlangen
Hatt' ich schon abgeschlossen mit dem Herzen
Und dachte unter fremden Melodien

Kühl meines Wegs zu ziehen.
Nun windest Du den schweren Wanderstecken
Mir aus der Hand und zwingst mich zu Dir nieder;
Ach! tust Du wohl den alten Geist zu wecken,
Die Jugendträume, die verschollnen Lieder?
Sie werden doch mich nicht wie einst betören,
Dir kann ich nicht und nicht mir selbst gehören!

3.

O hätte Deiner Seele erstes Wählen
Statt meiner einen Besseren getroffen
Und hätten wir uns nimmermehr gefunden!
Der Frühling soll dem Herbst sich nicht vermählen,
Und die Enttäuschung nicht dem gläubgen Hoffen;
Wie wirst Du, wenn Dein kurzer Rausch entschwunden,
Erwachen, wann gesunden?
Du weißt nicht, was Du tust. Stets fester rankst Du
Im jungen Triebe Dich um Schutt und Steine;
Wenn diese brechen über Nacht, dann schwankst Du
Zerrissen hin und schutzlos, arme Kleine!
Nein, Rosen sollen nicht aus Trümmern sprossen, –
Geh, such Dir einen anderen Genossen!

4.

Du zauderst Dich mit meinem Lied zu schmücken?
Mein Kind, wie schlicht Du bist und wie bescheiden
Daß Dich die blassen Dichterperlen blenden.
Ich möcht' ins Haar Dir Shakespeares Krone drücken,

Mit Goethes Purpur königlich Dich kleiden
Und des Petrarca Schatz mit beiden Händen
Täglich an Dich verschwenden.
Ach! Wenn unsterblich meine Dichtung wäre
Und siegend dräng in alle Welten-Fernen,
Ich baute Dir unsterbliche Altäre
Und trüge Deinen Namen zu den Sternen.
Ein kalt Geschenk für Deine warme Gabe –
Weh! Daß ich Gleiches nicht zu bieten habe!

5.

Du bist nicht wie die andren Weiber alle:
Du forschest nicht auf meinem Seelengrunde
Nach längst versunknem Lieben oder Leben;
Du putzest minder Dich zu einem Balle
Als für den Freund zu stiller Schäferstunde
Und hast Dich, ohne Schwur und Widerstreben,
Mir ganz dahingegeben.
Jüngst küßte ich den Saum an Deinem Kleide,
Da wardst Du böse und botest süß-beklommen
Den Mund mir dar; auch abends, wenn ich scheide,
Fragst Du mich nie: wann wirst du wiederkommen?
O Mädchen, Mädchen, lehre mich vergessen,
Daß ich schon andere vor Dir besessen!

6.

Laß, Mädchen, mich Dein Herz demütig küssen,
Und wiege Du mit reinen Liebes-Armen

Mein Haupt in Deinem jungfräulichen Schoße!
Vor Dir möcht ich mein ganzes Unrecht büßen,
Du würdest meiner Schuld Dich mild erbarmen
Und mich versöhnen mit dem Dichter-Lose,
In Dornen eine Rose.
Ich zweifelte an Weiber-Lieb und Treue,
An Freund und Feind, an Gott und meines Gleichen;
Nun fühl ich wieder Sehnsucht, Schmerz und Reue
Wie Frühlingsatem schmeichelnd mich beschleichen,
Und die mir Lieb' in Jahren schlug, die Wunden,
Die Liebe heilt sie ach! in wenig Stunden.

7.

Es war am Abend, daß wir uns begegnet, –
Weißt Du es noch? – an jenem Brückenstege;
Du betetest just mit den Vesperglocken,
Ich kam vom Berge müd und ganz durchregnet
Und fragte Dich nach dem verlornen Wege,
Da fuhrst du auf und schütteltest erschrocken
Die langen blonden Locken.
Ach! wohl war ich verirrt; zum Heimatlande
Und zu verlornen Jugend-Paradiesen
Hast Du aus unfruchtbarem Wüstensande
Tröstlich und mild die Straße mir gewiesen.
Bald – ist es Zeit. Dann sag mir Ewig-Blinden
Wie soll ich meinen Rückweg wieder finden?

8.

Mir träumte letzte Nacht: Wir beide saßen
Hier unter Deines Vaters Hochzeitslinde,
So wie wir, Hand in Hand, zu sitzen pflegen.
Zu Deinen Füßen spielte auf dem Rasen
Ein Lamm mit einem blondgelockten Kinde,
Und aus der Hütte drinnen sprang verwegen
Ein Knäblein uns entgegen;
Er klammerte sich fest an Deine Kniee
Und spielte mir liebkosend in den Haaren
Und »Vater« lallend in dem Bart – Und siehe!
Wie grau mein Bart und meine Haare waren! ...
Zu spät, zu spät!! Was frommen alle Träume? –
Wann's Herbst ist, werden fahl und kahl die Bäume.

9.

Du hörtest wohl die märchenhafte Kunde
Von einer Stadt am Meere, die vor Jahren
Durch eine Sturmflut ward hinabgeschlungen?
Noch blinkt es oft und wallt herauf vom Grunde,
Und wenn die Schiffer sonntags drüberfahren,
Ist plötzlich aus den grauen Dämmerungen
Ein Glockenton erklungen!
So, Mädchen, laß in Deines Busens Grunde
Mein Lieben und mein Leben still versinken,
Und an das Licht gelange keine Kunde,
Als nur ein leises Wallen oder Blinken.
Noch treib ich leicht und selig auf der Welle,
Beglänzt von Deiner Augen Sternenhelle.

10.

Stirb, Engel, stirb in meinen Armen plötzlich!
Im Kuß laß Deinen roten Mund erkalten,
Im Kuß den letzten Seufzer sanft zerfließen!
Dann soll mein Herz Dein Bildnis unverletzlich,
Wie Sarg und Grab, in seinem Schreine halten
Und über ihm in treuen Finsternissen
Sich stark und ewig schließen.
Mich quält, daß andre nach mir Dich umfassen
Und Deiner Liebe volle Rosen pflücken,
Drum möcht ich Dich dem Tode überlassen
Und scheidend in sein Witwer-Bett Dich drücken.
Der Tod ist treu, in seinem Haus ist Frieden,
Und Treu und Frieden eine Lüg hienieden.

11.

Merk auf! Acht Tag', nachdem Du mich verloren,
Dann werden fromme Tröster zu Dir kommen
Und freundlich auf die rechte Stunde passen;
Sie raunen nachbarlich Dir in die Ohren:
»Du hast zu sehr zu Herzen es genommen,
Er hat dich eigentlich doch schnöd verlassen,
Versuch es ihn zu hassen« ... ! ... –
Spei ihnen ins Gesicht den Pharisäern
Und schließe Dich in Deine stille Kammer,
Dort laß, den Spöttern ferne wie den Spähern,
Ausbluten Deinen ersten Lebensjammer,
Und selbst die Wunde – glaubs – wird Dich beglücken,
Wenn fremder Tölpel Fäuste sie nicht drücken.

120

12.

Nun sei geleert die bittre Abschieds-Schale,
Das harte Wort sei schonungslos gesprochen:
Leb wohl, leb wohl! Auf Nimmerwiedersehen!
Hier küßt' ich Deinen Mund zum ersten Male,
Hier werde auch der letzte Kuß zerbrochen,
Du bleib auf dieser Schwelle einsam stehen,
Mich lasse einsam gehen!
Ja, Du bist groß! – Du heißest ohne Zähre
Und ohne Klage mich von dannen ziehen;
O Mädchen, Mädchen, wenn es möglich wäre – –
Nein, es ist nicht. Du weißt es, ich muß fliehen.
Und dies das Letzte was ich Dir geschrieben:
Du hast geliebt – Ich werde nimmer lieben!

13.

Den Wolken nah, auf dürrer Felsenspitze,
Wo nur die Eulen nisten und die Raben,
Will ich der Liebe Kenotaph bestatten.
Ein letzter Blick zurück von meinem Sitze:
Ich bin allein, ich habe sie begraben,
Und ach! sie folgt mir nicht, wie einst der Schatten
Euridikes dem Gatten.
Da unten liegt, dem Auge kaum erkennbar,
Die Hütte wie ein Särglein anzuschauen ...
Ein Schmerz durchzuckt mich tödlich und unnennbar:
Aus mit der Liebe! Fertig mit den Frauen! –
Dann weiter in die Welt mit halber Seele,
Der Haß ergänze, was an Liebe fehle!